Der Amerikaner

Gabriele Reuter

copyright © 2023 Culturea éditions
Herausgeber: Culturea (34, Hérault)
Druck: BOD - In de Tarpen 42, Norderstedt (Deutschland)
Website: http://culturea.fr
Kontakt: infos@culturea.fr
ISBN:9791041906529
Veröffentlichungsdatum: FEBRUAR 2023
Layout und Design: https://reedsy.com/
Dieses Buch wurde mit der Schriftart Bauer Bodoni gesetzt.
Alle Rechte für alle Länder vorbehalten.
ER WIRT MIR GEBEN

Erstes Kapitel

Die Buchenwipfel schauerten im Morgenwind. Aus den schattigen Gründen stieg eine scharfe Kühle, ein feuchter Tauatem des jungen Gekräutes empor, und schwankend zitterten die beperlten Sträucher unter dem Sprühregen der stürzenden Wasser. Im brausenden Übermut der schneegenährten Frühlingswildheit sprang der Bergbach weißschäumend die Felsenwand hinab und übersprudelte im Grunde das glattgewaschene Gestein.

Der alte Herr von Kosegarten schlug den Kragen seiner Joppe in die Höhe, nahm den Stock unter den Arm und vergrub die Hände in den Taschen, weil es ihn fror, trotzdem die Sonne über den Bergen glitzerte. Neben ihm stand der Förster, das dicke Notizbuch in der Faust, machte sich mit dem kurzen Bleistiftstummel Notizen. Aus dem Wald an der Lehne klang der Axthieb der Holzfäller.

»Aufgeforstet mußte doch mal werden,« brummte der Beamte in den Schnauzbart, der ihm taugenäßt an den Mundwinkeln niederhing.

»Na, also, das sag ich auch. – Warum schließlich das Lamento? Donnerschockschwerenot, was sein muß, muß sein!« schimpfte der alte Herr. »Hundertjährig können die Bäume freilich nicht gleich wieder werden.«

»Das stimmt,« murrte der Förster verdrießlich.

Die beiden Männer schritten durch die Säulenhalle der grausilbernen Stämme, von denen jeder einzelne ihnen ein guter Bekannter war. Sie alle trugen das rote Merkzeichen des Forstbeamten, das sie dem Tod weihte: die Riesen, die mächtig zur Höhe wuchsen, mit ruhiger Majestät die weitgreifenden Kronen tragend.

Aus dem Walde auf eine vorgeschobene Felsenplatte tretend, stützte Herr von Kosegarten sich auf seinen Stock und starrte in das unbändige Tosen des weißen Gischtes. Mit Dröhnen und Donnern betäubte ihm der Gesang des Falles das Hirn und nahm alle die sorgenden Gedanken daraus fort, mit denen er sonst schlafen ging und wieder aufstand und aß und trank und durch seinen Wald und seine Fluren stapfte. Ein wohlig dumpfes Schauen des ewig Quellenden, ewig Strömenden, ewig sich Erneuernden und sich wieder Verschwendenden war es, das statt des bohrenden, unfruchtbaren Grübelns von seinem Geist Besitz ergriff und ihn lange in seinen großen, stillen Bann zog. Der Förster an seiner Seite sagte zuweilen gelassen: »Ja, ja, so is es ...« Aber auch diese philosophische Bemerkung verklang im Rauschen der Wasser.

Auf dem Felsen stand einzeln eine Buche; im unaufhörlichen Schwanken und Beben ihrer Zweige war sie erwachsen, lang und mühselig mußten ihre Wurzeln sich strecken, um, die Felsenplatte umwindend, zu fruchtbarem Erdreich zu gelangen. Ihr Leben war ein unerhörter Kampf gewesen. Gegen eine Unmöglichkeit, zu bestehen, hatte sie sich zähe durchgetrotzt; nun war sie stark und stolz in junger Schöne.

»Die bleibt stehen,« sagte Herr von Kosegarten und klopfte mit dem Stock gegen ihren Stamm. »Ich habe es meiner Frau versprochen. Na ja – *item* –« Er trat näher. Die glatte Rinde trug ein borkiges Mal, ursprünglich war es ein Herz gewesen, das zwei Buchstaben umschloß. Ein *F* und ein *M* konnte man noch ungefähr entziffern. Die Zahl darunter bedeutete einen Zeitabschnitt von elf Jahren.

Der Förster steckte sein Buch in die Tasche. »Also die bleibt stehen,« wiederholte er. »Dachte mir's schon. – Soll ich die Auktion noch mal im Blättchen anzeigen?«

»Ist wohl kaum nötig – die Hauptreflektanten wissen ja Bescheid. Kostet alles Geld, Schwarze –. Na, und wir brauchen die Leute nicht noch aufmerksam zu machen, wenn ich von meinem Wald was runterschlagen lasse.«

»Dann guten Morgen, Herr von Kosegarten!«

»Morgen, Schwarze!« Kosegarten faßte mit der Hand an die Mütze.

Der Förster blieb zögernd stehen. »Haben Herr von Kosegarten schon die Geschichte von Debberitzen gehört?«

»Debberitz? Welcher Debberitz? – Das Luder, das ich damals fortgejagt habe?«

»Nee, der nich. Der soll tot sein. Der Sohn ist es. Thete ... Herr von Kosegarten müssen ihn doch noch kennen. Er strolchte doch immer mit dem Herrn Fritz herum.«

»Natürlich – nun besinne ich mich. Thete! So'n strohköpfiger, rotznasiger Bengel. Was is denn mit dem?«

»Soll zu Gelde gekommen sein. Die Leute reden, er will sich hier ankaufen.«

»Nee, Schwarze, was Sie sagen? ... Will sich hier ankaufen? Is ja woll nich möglich!«

Der Förster spuckte aus als Zeichen seines Mißvergnügens. »Ich hörte gestern, er wäre in Schäfers Gasthof abgestiegen. Tritt mächtig großspurig auf, traktiert seine alten Schulfreunde mit Bier und Zigarren. Was weiß ich, ich bin nicht dabei gewesen.«

»So – so – der will sich hier ankaufen – na ja. Schwarze, erstaunen tut mich nichts mehr. Das Leben ist nun mal putzwunderlich.«

»Ja, Herr von Kosegarten, das is es. Das is es wahrhaftig. So en Kerl – so en Schindluder – und macht sich hier mausig. – Wenn dem sein Vater nicht ins Zuchthaus kam, hat er's doch nur Ihrer Güte zu verdanken. Morgen, Herr von Rosegarten!«

Der Förster stieg hinauf zu den Arbeitern.

Kosegarten stand in Gedanken. ... Debberitz, Thete Debberitz – und will sich ankaufen! Er sah in seiner Erinnerung den breitschultrigen Bengel und den pfiffigen Blick seiner kleinen, grauen Augen, und neben ihm sah er einen gertenschlanken Jungen mit blitzschneller Beweglichkeit der feinen Glieder und des hübschen Kopfes...

Ein Stöhnen ging aus der Brust des alten Herrn. Er näherte sich wieder dem unförmig und borkig gewordenen Liebeszeichen an der Buche und strich mit dem Finger langsam, scheu liebkosend um das Herz. Hier hatte sein Sohn vor elf Jahren von Glück und Jugend Abschied genommen. – Elf Jahre Sorgen, elf Jahre nutzlose Arbeit – alle Opfer umsonst gebracht – –

Hätte man klüger sein sollen und sich den Opfern entziehen wie so mancher andere? Wer kannte sich noch aus in dem, was man gesollt und nicht gesollt hätte! –

Der alte Mann blickte verworrenen Sinnes in die tosenden Wasser. Gleich einem Kind wurde er überfallen von der Sehnsucht nach pflegender Liebe, nach kleinen Aufmerksamkeiten, nach all dem Freundlichen, das ihn dort unten im Schloß empfangen sollte. Sein Auge wurde heller, er nahm sich in acht, einen Blick noch auf die Buche zu werfen. Was da hinten lag, mochte in der Vergangenheit bleiben. Er stieg energischer den schmalen, steilen Weg unter den taurieselnden Ebereschen und Hainbuchen am Wasserfall nieder und kam bald, dem Lauf des wilden Baches folgend, hinaus auf die sonnige Wiese.

Ein Herr ging an ihm vorüber und zog den Hut. Herr von Kosegarten dankte, leicht an die Jagdmütze greifend, wie er es gewohnt war in dieser Gegend, wo ihn jeder kannte und grüßte.

Er hatte den ihm Entgegenkommenden nicht weiterangeschaut. Dann drehte er sich plötzlich um, blickte ihm nach, und in dem gleichen Augenblick wendete sich auch der andere und kam zögernd auf ihn zu.

Eine breite, plumpe Gestalt war es, doch in einer Kleidung, die nicht auf einen Landbewohner schließen ließ. In dem Schnitt von Rock und Hose verriet sich die Meisterschaft eines denkenden großstädtischen Schneiders. Das derbe Gesicht des Mannes bekam durch den aufgedrehten starken Schnurrbart etwas Unternehmendes, aus den Augen glitzerten Pfiffigkeit und eine vergnügte Zufriedenheit mit dieser angenehmen Welt.

Er hob den Hut noch einmal, so daß die Glatze sichtbar wurde, und sagte höflich: »Herr von Kosegarten kennen mich wohl nicht wieder?«

»Wüßte nicht,« brummte Kosegarten, dem der Mann mißgefiel und den überdies nach seinem Frühstück verlangte.

»Dann erlauben Sie mir wohl, daß ich mich vorstelle: Theodor Debberitz! ... Nun werden sich Herr von Kosegarten schon erinnern?«

Der alte Herr sah die pompöse Erscheinung verblüfft an und brach in ein lautes Gelächter aus.

»Potzdonnerschockschwerenot!« rief er, sich auf den Schenkel schlagend, »da soll doch dieser und jener die Kränke kriegen –. Ja, was hab ich denn vorhin gehört! Sie treten hier als Volksbeglücker auf! Na, alle Achtung! Sie scheinen es ja zu was gebracht zu haben.«

Der Mann lächelte, und dieses Lächeln ließ in seiner beleidigenden Überlegenheit die gute Laune des alten Gutsbesitzers so schnell wieder versiegen, wie sie gekommen war.

»Ich kann mich nicht beklagen, Herr von Kosegarten. Na ja, ein Stück Arbeit steckt auch dahinter ... Das hätten Sie wohl nicht gedacht, als ich die Ehre hatte, mit Ihrem Herrn Sohn auf dem Gutshof spielen zu dürfen ...«

Herr von Kosegarten reckte sich in die Höhe. Was unterstand sich der Kerl!

»Also – wünsche Ihnen ferner Glück zu Ihren Unternehmungen. Bin jetzt eilig.«

Er wandte sich zum Gehen. Der prächtige Mann schien die Verabschiedung nicht zu bemerken und blieb an Herrn von Kosegartens Seite.

»Sie lassen den Wald über dem Wasserfall schlagen?« fragte er ruhig.

»Wenn Sie gestatten, lasse ich den Wald an dem Wasserfall schlagen,« antwortete Kosegarten in gereiztem Ton.

»Tun Sie das doch lieber nicht,« sagte der Pompöse gelassen.

Herr von Kosegarten blieb stehen und stieß ein kurzes erbittertes Gelächter aus. »Sind Sie etwa Holzhändler? Oder was geht es Sie sonst an, ob ich in meinem Wald Holz schlagen lasse oder nicht?«

»Scheinbar geht mich das gar nichts an – gebe ich zu. Könnte mich aber später was angehen. Der Rauschenfall ist sozusagen die Perle der Gegend. Wird in jedem Reisehandbuch erwähnt. Mit Sternchen. Na, die Leute sind ja jetzt kolossal hinter so was her ... Naturschönheiten – was weiß ich ... Muß man in seine Spekulationen mit aufnehmen!«

Kosegarten blieb stehen. Über seine Stirn jagte dunkelrot das Blut des aufsteigenden Jähzorns. »Kerl, was wollen Sie eigentlich? Suchen Sie sich jemand anders für Ihre Späße.«

»Herr von Kosegarten, ich erlaube mir zu bemerken, daß ich mich Ihnen einfach als einen zahlungsfähigen Käufer für Rauschenrode vorstelle. Im ersten Moment sind Sie davon vielleicht verblüfft. Aber Sie werden schon auf die Chose zurückkommen. Sie können sich in Berlin nach mir erkundigen: Theodor Debberitz & Komp., bekannte Firma für Käufe und Verkäufe in Grund und Boden.«

»So – Sie betreiben Vermittlungen von Käufen?« fragte Kosegarten ein wenig sanfter und aufmerksamer. »Wer steht da hinter Ihnen?«

»In diesem Fall niemand. Rauschenrode will ich als einen Ruheplatz für meine alten Tage erwerben. Ja, Herr von Kosegarten, man hat doch so ne Art von Anhänglichkeit an seine alte Heimat ... Wo man die Tage der Jugend verlebte ... wie der Dichter singt ...«

»Na, nu hören Sie aber auf!«

»Herr von Kosegarten, ich habe mich in Ihrem Haus immer wohl gefühlt – die schönen Stunden mit Fritzen ...«

Eine Nachdenklichkeit kam über Kosegarten – eine müde Schwäche. So viel Geld hatte dieser Kerl erworben, daß er Rauschenrode kaufen wollte – mir nichts, dir nichts kaufen – wie man sich ein belegtes Butterbrot auf dem Bahnhof kauft, wenn man Hunger hat. Und Fritz? ... Der alte Schmerz quoll wieder auf, wurde gewaltig, jäh – betäubend – raubte ihm jeden klaren Gedanken.

Debberitz beobachtete aus kleinen, scharfen Augen den leeren, dumpfergebenen Blick des andern. »Wann darf ich vorsprechen, Herr von Kosegarten?« sagte er milde, in der Gewöhnung, bei solchem Geschäft alle Register von Stimmen und Tönen spielen zu lassen. »Sie können sich ja mal die Chose überlegen. Ich bin in Schäfers Gasthof abgestiegen. Empfehle mich, Herr von Kosegarten!«

Zweites Kapitel

Durch die offenen Glastüren fluteten Ströme von Morgensonnengold und frischer, herber Gebirgsluft. Die bunten Frühlingsblumen in den Korbtischen vor den Fenstern, an denen leichte, weiße Mullgardinen niederhingen, waren ganzdurchleuchtet von all dem Licht und schimmerten in einer kostbaren Pracht der Farben. Die vergoldeten Tassen auf dem Frühstückstisch glitzerten und gleißten mit ihrem altmodischen Bilderprunk. Die Schale mit Honig erschien gefüllt von einem unerhört herrlichen Goldtopas. Die Kristalle des Kronleuchters funkelten in tiefem Blau, in zarten Rosenröten, in Grün und strahlendem Gelb. Sogar an den defekten Perlenstickereien der Kissen in den Lehnstühlen am Kamin ging der Triumphzug des Lichtes nicht vorüber, ohne Tausende von kleinen schimmernden Prismen aus ihrer schon längst verblaßten Pracht zu wecken. Wenn Hilde Kosegartens Kopf sich zu den Frühlingsblumen beugte, indem ihre Hand das Gießkännchen über die Töpfe führte, dann leuchtete auch ihr Haar in reichen Tönen von Braun und Gold. Bewegte die Tante in der Sofaecke ihre Stricknadeln, so sprang jedesmal ein flinker Blitz von einem der stählernen Stäbchen zum andern.

»Bitte, Hilde, zieh die Gardine zu, es ist unmöglich zu lesen in diesem Sonnenschein,« sagte August und hielt schützend ein Journal mit technischen Abbildungen vor die Augen. Gehorsam zog Hilde die Markise nieder. Ein stiller, ruhiger Schatten senkte sich plötzlich über die Seite des großen Saals, auf der der Frühstückstisch stand, mit seiner kleinen Teemaschine, mit geschnittenen und bereits butterbestrichenen Brotscheiben des säumigen Hausherrn wartend. Die Anwesenden hatten ihre Mahlzeit längst beendet.

»Weißt du, Hilde,« begann Frau von Kosegarten, nachdem sie an ihrer groben Wollstrickerei die Maschen gezählt hatte, »ich habe Onkel gebeten, die Buche stehen zu lassen, die einzelne am Wasserfall.« – Frau von Kosegarten wendete sich mit ihren Herzensergießungen stets an ihre Nichte. Männer pflegen selten die Geduld zu haben, Dinge, die sie bewegen, in weitläufigen Gesprächen so lange um und um zu wenden, bis alter Kummer ein neues und interessantes Gesicht bekommt.Hilde verstand es so gut, alles wichtig zu nehmen, was die Tante wichtig nahm, und sie niemals mit eignen Angelegenheiten zu unterbrechen. »Der alte Baum ist mir solch liebe Erinnerung.«

Hilde lächelte ein wenig, aber sie schwieg.

»Fritz muß Mimi doch sehr liebgehabt haben,« sagte Frau von Kosegarten wehmütig. »So rührend, daß er sie in seinem letzten Brief wieder grüßen läßt.«

»Den Gruß finde ich geradezu unverschämt,« brauste August auf und warf das Journal, in dem er gelesen hatte, heftig auf den Tisch. »Ich verstehe auch nicht, Mama, wie du Mimi den Gruß bestellen konntest. Fritz ist wahrhaftig keine Persönlichkeit mehr, von der es angenehm wäre, Grüße zu empfangen.«

»August, wie kannst du so hart von deinem Bruder reden!« begann Frau von Kosegarten bekümmert. »Du tust ja, als sei es ehrlos, kein Glück in der Welt gehabt zu haben.«

»Er scheint mir im Gegenteil viel zu viel vom Glücksritter zu besitzen, der edle Bruder Fritz,« sagte August, und sein ruhiges, blondbärtiges Gesicht bekam einen verdrossenen Ausdruck.

»Das ist wohl von hier aus schwer zu beurteilen,« bemerkte Hilde. Ihre Augen blickten nachdenksam ins Weite. »Solch ein fremdes Leben – wo man hart sein muß und listig, kühn und leichtsinnig zu gleicher Zeit, um den Vorteil des Augenblicks zu ergreifen und zu wahren ...«

»Nun, das ›wahren‹ scheint er wenig verstanden zu haben, sonst wäre er wohl nicht wieder so tief drin im Elend. Ich muß gestehen – mich ekelt diese ganze Geschichte – ja, Mama, mich ekelt sie. Ich bin froh, daß ich wenigstens zu rechter Zeit energisch war und dich und Papa verhindert habe, den Abenteurer zurückkommen zu lassen! Ihr ... wahrhaftig in eurer törichten Gutmütigkeit wäret ihr dazu imstande gewesen ...«

»Ach, August,« klagte die Mutter, »wenn einer aber doch solche Sehnsucht hat!«

»So soll er sie bezwingen. Jeder von uns hat sich zu bezwingen und liebe Wünsche der Pflicht zu opfern. Es war Ehrensache, für Fritzens Schulden aufzukommen. Selbstverständlich... Aber jetzt, wo sich's auch um meine Existenz handelt – wo ich den Leuten Vertrauen einflößen muß – da kann ich keinen verunglückten Abenteurer neben mir brauchen. Das darf mir niemand zumuten – am wenigsten meine Eltern!«

Frau von Kosegarten senkte den Kopf über ihre Arbeit, »Wir haben es dir ja auch nicht zugemutet,« sagte sie ergeben.

Mehr als irgend jemand in der Familie außer Hilde auch nur ahnte, lebte sie in der Erinnerung und in sehnsüchtiger Liebe zu ihrem Ältesten, der vor so vielen Jahren, ein blutjunger, leichtherziger Gesell, vor seinen Gläubigern über den Ozean geflüchtet war. Nicht Augusts geordnetes Dasein, das ihrer eingreifenden Fürsorge kaum bedurfte, sondern die spärlichen Briefe, die flüchtige Kunde brachten von einer unsicheren, überseeischen Existenz, bildeten den Hauptinhalt ihrer Phantasien und Träume. Wenig genug mochte die Frau, die niemals aus der friedlichen Enge der Harzberge herausgekommen war, die fürchterlichen und wilden Gefahren jener Untiefen, Klippen und Wirbelstürme, zwischen denen der Sohn umherschiffte, in diesen Träumen ermessen. Dennoch trug sie den unzerstörbaren Mutterglauben in sich, daß ihr Junge wie die guten Helden von Ritterbüchern und Indianergeschichten am Ende allen Schrecklichkeiten glücklich entrissen und als der gleiche liebe, unschuldige, lachende Knabe, wie sie sein Bild im Herzen hegte, dereinst zu ihr zurückkehren würde.

Vielleicht ist das blinde Vertrauen auf einen sehr stark im einzelnen Schicksal waltenden Vater im Himmel, der besonders für ferne Söhne eine Menge von umsichtigen Schutzengeln bereithält, von allen Menschen den Müttern am nötigsten. Selten mit der Lebenserfahrung ausgerüstet, die sie befähigen würde, sich einen deutlichen Begriff von der Existenz eines jungen Mannes schaffen zu können, fühlen sie diesen ins Unbegreifliche hinausstrebenden Jüngling doch so oft noch als ein Stück ihres eigenen Leibes und Herzens. Wie sollten sie die Qual, das Geliebteste im Dunkeln, Rätselvollen sich verlieren zu sehen, ohne es auch nur mit wertvollen Ratschlägen begleiten zu können, ertragen? Aber wenn sie ihm ein für allemal einen weisen Führer, als der das göttliche Wesen dem an abstrakten Begriffen schwer haftenden Frauengeist sich leicht verkörpert, übergeben, dann haben sie zugleich sich jemand geschaffen, mit dem sie sich fortwährend innerlich wie mit einem Freund unterhalten können. Auch scheint es ihnen, daß sich dieser Mittler, obwohl erfahrener und klüger als sie selbst, doch ihren freundlichen Vorstellungen und mütterlichen Wünschen nicht immer unzugänglich erweist.

So war Marie von Kosegartens Verhältnis zu ihrem Gott. Er war ein Mann; darum tat er oft unbegreifliche Dinge, die Männer nun einmal zu tun pflegen. Darein hatte man sich zu fügen. Wie gegen Augusts Bestimmungen wagte Frau von Kosegarten aber auch gegen die des lieben Gottes ganz heimlich in ihren Gedanken ein wenig zu rebellieren. Das hatte erstens den Reiz der Sünde, und zweitens konnte man auch nicht wissen, ob der Herr sich doch nicht endlich zugunsten ihrer Wünsche beeinflussen ließe, wenn er sah, daß man unzufrieden mit ihm war.

Und nun hatte der Herrgott ihr etwas angetan, darüber konnte und konnte sie nicht einig werden mit ihm. Daß er die Menschen prüft, hart prüft, das gehörte ja wohl einmal zu seinem

Regiment. Wie sollte man auch auf anderm Weg die nötige Läuterung empfangen? – So hatte sie sich auch allmählich hineingefunden, daß Fritz des Königs Rock, der ihm so gut stand, ablegen mußte, daß er niemals mehr zu Weihnachten oder zu Ostern auf Urlaub kommen konnte, daß das Haus still geworden war – denn weder August noch Hilde lachten wie er –, und daß er dort drüben mit seinen hübschen wohlgepflegten Händen, von denen sie sich so gern hatte streicheln und liebkosen lassen, arbeiten mußte wie ein Knecht, ihr verwöhnter schlanker Herzensjunge! Nun, er nahm ja wenigstens das schreckliche Leben mit seinem gewohnten Humor. Manchmal konnte man über seine Schilderungen von Land und Leuten geradezu Tränen lachen.

Weil er so drollig schrieb, befestigte sich die Anschauung bei ihr, es müsse ihm doch nicht allzu schlecht gehen. Er verdiente auf eine rätselhafte Weise sogar sehr viel Geld. Eigentlich klang es ja wie ein Spaß und war kaum zu glauben. Er hatte nämlich eine merkwürdige Art von Lederstrippchen mit verschiedenen verstellbaren Haken erfunden, an dem die Gold- und Kupfergräber im Westen ihre Werkzeuge am Gürtel tragen konnten. Seitdem er dieses Strippchen erfunden, hatte rr das Graben aufgegeben. Seine Briefe wurden nun wie eine von köstlichen Freudenschätzen schimmernde Mine: er war auf dem Weg, ein reicher Mann zu werden – er kaufte Häuser – er baute Straßen – er richtete Fabriken ein – er fuhr im Auto durch seine Besitzungen ...

Endlich wollte er auch seine Absicht ausführen und einmal hinüberflitzen, die Eltern zu besuchen, um dem Vater seine Schulden abzutragen und mit August wegen seiner Zukunft zu sprechen. Hinter allen Geldsorgen, die sie in ihrem Rauschenrode plagten, stand diese am Horizont ihres Lebens glänzende Hoffnung.

Da wurde der liebe Gott grausam ... Ja, Frau von Kosegarten konnte es nicht anders bezeichnen: Er wurde grausam. Fritz schrieb nach einer beängstigend langen Pause aufs neue: sein lange gehegter Plan solle nun zur Tat werden. er wolle heimkehren ins alte Vaterhaus. Aber sie sollten sich keine Illusionen machen, er sei kein reicher Mann mehr. Was er so jäh gewonnen, sei alles wieder verloren. Sein Sozius habe ihn fürchterlich betrogen. Er wolle nicht klagen, er trage selbst einen Teil Schuld an dem Zusammenbruch, und die Wahrheit zu sagen, stehe er nackt und bloß wie am Tag seiner Ankunft in Neuyork dem Schicksal gegenüber. Und nun sei es wunderlich, seine Nerven müßten wohl durch die geschäftlichen Mißgeschicke etwas angegriffen sein, kurz, er fühle sich sonderbar weichmütig ums Herz und habe ein blödsinniges Verlangen, sie alle wiederzusehen. Da er ja doch im Augenblick nichts in Amerika versäume, bitte er den Vater, ihm das Reisegeld zu einem Besuch in Deutschland zu schicken, vielleicht könne er ihm auch mit der geschäftlichen Erfahrung, die er inzwischen gewonnen habe, beratend zur Seite stehen.

Dieser letzte Satz weckte nur ein lautes, unfrohes Gelächter bei August und bei ihrem Mann. Sie empfanden es wie eine Beleidigung, die Fritz ihnen angetan hatte, indem er das Gewonnene wieder verlor.

Aber Frau von Kosegartens Verstand kam, trotzdem sie den Brief ihres Sohnes mit reichlichen Tränen netzte, kaum dazu, das über ihn hereingebrochene Unglück recht zu fassen. War es nicht der Grund, der Fritz bewog, endlich ernstlich an die Heimkehr zu denken? In der betäubenden Freude, ihn bald sehen zu dürfen, versank alles andere wie nebensächliche Kleinigleiten. –

Doch es folgten peinvolle Verhandlungen zwischen August und dem alten Herrn. Beide Männer entschieden, daß Fritzens Besuch unter diesen Umständen in keiner Weise erwünscht sei. Frau von Kosegarten hielt noch eine kleine, letzte Hoffnung im Hinterhalt. Tante Trinette hatte für die nächste Zeit ihren Frühlingsbesuch angesagt. Und Tante Trinette hatte ja so sündhaft viel Geld, sie konnte ihr schon den Jungen kommen lassen. Aber Trinette von Kosegarten war immer für alle Einrichtungen begeistert, die ihr gestatteten, ihr Portemonnaie in der Tasche zu behalten. Sie machte ihrer Schwägerin begreiflich, daß es ein törichter Übermut des Herzens wäre, wenn sie es unter den jetzigen bedrückten Verhältnissen der Familie gestatten wollte, Fritz mit Reisegeld zu versehen. So bedrängte man Frau Marie von allen Seiten mit Vernunftgründen, bis sie selbst an Fritz den Brief schreiben mußte, der ihm die Rückkehr im Namen seines Vaters untersagte.

Tag und Nacht stellte sie sich nun jenen Augenblick vor, in dem er das Schreiben empfangen und das Kuwert öffnen würde, und wie die Ablehnung seiner Bitte auf ihn wirken mußte. Die Mutter faßte einen heimlichen Groll gegen ihren Mann, gegen August, gegen Trinette, aber vor allem gegen ihren Herrgott, der es hatte zulassen können, daß sie mit eigener Hand diesen abscheulichen Brief schreiben mußte. Ihr Sohn würde sie nun hassen, und niemals wieder würde sie von ihm hören!

Das Gekläff der Hunde kündigte den Herrn an. Frau von Kosegarten legte ihr Strickzeug in den geräumigen Strohkorb und zündete mit ihren schönen, großen, weißen Händen das Flämmchen unter der Teemaschine an. Hilde kam näher, nahm dem Onkel Stock und Mütze ab, und während er seiner Frau die Hand küßte und August den Teckeln die Schinkenränder von seinem Teller zuwarf, rückte sie dem alten Herrn den Stuhl vom Tisch, schenkte ihm Tee ein mit viel Zucker und noch mehr Rum, wie er es liebte, wenn er frühmorgens aus dem Wald kam. Herr von Kosegarten hatte es gern, daß die Frauen seines Hauses um ihn beschäftigt waren. Je mehr, je besser. Er bedauerte oft, nicht ein halbes Dutzend Töchter zu besitzen, er hätte sie alle in Atem zu halten gewußt. Es war ihm behaglich, wenn es laut und wichtig um ihn zuging. »Ärger gehabt, Alterchen?« fragte Frau von Kosegarten besorgt. »Die liederlichen Bengels, die Volontäre?«

Er ließ sich schwer in den großen geschnitzten Lehnstuhl fallen.

»Mariechen, das Leben ist putzwunderlich. Ich versteh's nicht mehr – ich mache nicht mehr mit.« Die Fäuste auf den Knien saß er da, mochte nicht essen, grübelte und sah sie mit seinen blauen Augen verwirrt und hilflos an.

»Du hast doch etwas Besonderes erlebt?« fragte Mariechen ängstlich, aber Hilde nötigte ihn zum Essen, und er folgte ihr auch schweigend, langte plötzlich tüchtig zu, aß und trank gierig und ohne Behagen.

Plötzlich begann er zu singen, mit einer tiefen, dröhnenden Stimme und einer Melodie, die keinen Anspruch auf musikalische Anklänge machte:

»Freut euch des Lebens, weil noch das Lampchen glüht, Fresset den Schinken, so lange das Schwein noch blüht.«

Und lachte dann laut über seinen eigenen Witz. Mariechen lachte mit, aber ihre Augen forschten unruhig.

»Kinder, man ist runtergekommen – ich sag's ja immer –, auf den Hund sind wir gekommen ...« Er lehnte sich in den Stuhl zurück. »Was ich erlebt habe – nee, nee, Kinder, da ist schon das Ende von weg. Das – das ist rein, um aus der Haut zu fahren ... Wißt ihr, wer sich mir eben als Käufer für Rauschenrode angeboten hat?«

»Ein Käufer!?« rief Marie erregt. »Aber nein, Friedrich, das wär doch herrlich...«

»Herrlich? Na, ich danke. Thete Debberitz, das unverschämte Aas!«

»Ja, der macht jetzt hier die Gegend unsicher,« bemerkte August, nicht so erschüttert durch die Mitteilung, wie sein Vater erwartet hatte.

Bei Marie wirkte die Neuigkeit stärker. Es dauerte eine Weile, bis sie sich fassen konnte. Thete Debberitz, der Sohn ihres vor manchem Jahr nicht eben in Gnaden entlassenen Rechnungsführers, trat hier auf und wollte Rauschenrode an sich bringen? Auch sie empfand dies einfach als eine Unverschämtheit.

Wo er sein Geld erworben hatte?

In Berlin mit Terrain- und Häuserspekulationen, wußte Hilde zu berichten. Millionen sollte er besitzen, so erzählten sich die Dorfleute, die den prachtvollen Mann wie ein leibhaftiges Wunder anstarrten, seit er in Schäfers Gasthof abgestiegen war. Die Unterhaltung wurde plötzlich sehr belebt am gutsherrlichen Teetisch, seit das Thema Debberitz angeschlagen worden war.

Während der alte Herr sich ereiferte, nahm August eine ernste, nachdenkliche Miene an.

»Na – und ich sag euch,« rief Kosegarten, »in welchem Ton sich der Kerl nach Fritz erkundigte ... Dabei – ich seh den Bengel noch hier herumstrolchen mit nem zerrissenen Hosenboden. Habe Fritzen so und so oft verhauen, weil er immer mit ihm zusammensteckte.«

»Fritz wußte nie die richtige Grenze zu ziehen zwischen sich und den Dorf- und Verwaltersjungen,« bemerkte August. »Diese früheren Beziehungen sind ja sehr fatal. Immerhin – der Mann hat Geld – übrigens wirkt er vielleicht nur als Unterhändler. Jedenfalls sollte man doch den Vorschlag dieses Debberitz hören. Ohne Kapital ist für mich nichts anzufangen, und ein Kosegarten kann nicht ewig in einer abhängigen Stellung bleiben. Wenn der Mann zahlungsfähig ist, so wüßte ich keinen Grund ...« Ein knurrender Ton des alten Herrn ließ ihn schweigen.

Kosegarten blickte zu seinem Sohn über den Tisch hinüber. Nachdenken, Pläne machen, Entschlüsse fassen – das alles waren greuliche Geschichten, die er haßte. Warum ließ man einen alten Mann nicht in Frieden leben, wie seine Väter gelebt hatten: essen, trinken, auf die Jagd gehen, über die Äcker reiten, mit Förster und Verwalter eintönige und nach den Jahreszeiten sich regelnde Beratungen pflegen und ab und zu auf die Regierung schimpfen? Warum mußte all dies Neue, dem man doch nicht gewachsen war, über einen armen Kerl von Edelmann hereinbrechen?

Umständlich zündete er sich eine Zigarre an. August ließ ihm Zeit.

»Hast ja recht, Junge,« brummte der alte Herr, nachdem er eine Weile geraucht hatte. »Hast ja tausendmal recht. Bist ja mein einziger Trost in diesem Schindluderleben. Aber siehst du, seiner Väter Erbe an so ein Mistvieh verschleudern ... ich bring's einmal nicht über mich. Es geht mir wider die Natur ...«

Er trank schnell und gierig seinen Tee, verschluckte sich, mußte husten und husten, wurde blaurot im Gesicht, und die Tränen strömten ihm aus den Augen.

Mariechen klopfte ihm den Rücken. »Alterchen, Alterchen, dreimal an 'n weißen Schimmel denken, das hilft, das hilft sicher!«

Hilde hielt ihm ein Glas Wasser entgegen. Er nahm einige Schlucke, stand auf, ging zur Tür, trocknete sich die Augen, blickte schweigend hinaus über den schönen Platz und auf die breitästigen Kastanien, die eben im Begriff standen, ihre weißen Blütenfackeln zu öffnen.

Marie redete leise auf den Sohn ein, warum er den Vater so in Erregung bringen müsse.

August zuckte die Achseln. »Die Sache soll doch einmal besprochen werden. Papa muß sich entschließen.«

»Und Mimi Rahlen?« fragte die Mutter leise. »Das wäre doch ein Ausweg.«

»Mama, ich finde es unehrenhaft, ein Mädchen um ihres Geldes willen zu heiraten.«

»Aber gewiß, gewiß!« Marie war ganz erschrocken über den Gedanken, der ihr entschlüpft war. »Ich meinte doch nur, wenn du sie liebtest ... selbstverständlich ... Sie sieht an manchen Tagen noch sehr gut aus ...«

»Bitte, Mama, hierüber kein Wort mehr – es wäre mir äußerst peinlich.«

Kosegarten kam zurück und ging mit gewaltigen Schritten im Saal auf und nieder. »Ich werde noch einmal ernstlich mit Trinette reden. Schließlich – ich könnte ihr das Kapital hypothekarisch sicherstellen ... Sie hat doch Familiensinn ...«

»Alterchen,« rief Marie heftig, »ich verstehe dich nicht – in diesem einen Punkt verstehe ich dich nicht! Trinette – mein Gott – hat sie uns denn je – zu irgendeiner Zeit geholfen? Ja – sie kommt im Frühjahr zu uns – läßt es sich schmecken, geht im Park spazieren, sammelt ihr ekliges Kräuterzeug, mit dem sie alle Welt beglückt – borgt sich meinen Hut, wenn sie nach Langenrode zur Prinzessin Karoline fährt – um den ihren zu schonen – und mischt sich überall in Dinge, die sie nichts angehen. Gestern treffe ich sie sogar in der Küche, wie sie zur Wärmchen, die die Salzkartoffeln abgießt, belehrend sagt: ›Mamsellchen, was machen Sie denn immer mit der Kartoffelbouillon, das gäbe doch noch gute Suppen für Kranke und Arme!‹ Die Leute brüllten vor Lachen, als sie hinaus war. Friedrich – es ist ja deine Schwester – aber ich frage dich, ob ich mir dieses Dreinreden noch länger gefallen lassen muß?« »Habe doch Geduld, Mariechen,« sagte der alte Herr bekümmert, »sieh mal, ich denke, ich kann ihr schließlich doch noch das Geld herauslocken, und dann könnten wir Rauschenrode behalten. Du hängst auch daran, Mariechen. Es würde dir doch auch schwer, wenn wir fort müßten ...«

Marie Kosegarten seufzte. Sie kannte Trinette – sie kannte sie durch und durch. Sie hoffte nichts mehr. Aber die Männer ließen sich immer durch Redensarten fangen. Trinette hatte so eine Manier, mit ihrem Einfluß bei Hofe großzutun, damit imponierte sie ihrem Bruder. Ging sie nicht umher und sprach unaufhörlich davon, daß sie für Hilde eine Hofdamenstelle in Aussicht habe, trotzdem sie ihr schon dreimal ärgerlich erklärt hatte, sie könne Hilde in der Wirtschaft nicht entbehren? Hatte Trinette nicht spitzig darauf erwidert, es wäre für zunehmende Korpulenz höchst zweckmäßig, sich mehr in Küche und Keller zu bewegen, statt im Sofaeckchen zu sitzen und die Dorfkinder mit wollenen Strümpfen und Röcken zu verwöhnen? Aber Kosegarten war einmal ein unverbesserlicher Optimist, was seine Schwester betraf! Das wußte Frau von Kosegarten ja auch längst, und an diesen Punkt war nicht zu rühren. Stand er nicht, weiß Gott, jetzt, wo nur von Trinette die Rede war, auf und rief Zipperjahn, um die Hunde in den Stall zu bringen, weil Trinette den Hundegeruch in den Stuben nicht leiden mochte? Wie oft hatte Frau von Kosegarten früher darum gebeten, die Hunde draußen zu lassen, die so viel Schmutz auf die Dielen und den Teppich brachten und sich sogar auf die gestickten Kissen legten – aber das war ganz vergeblich gewesen, und Frau von Kosegarten war längst an ihr Geblaff und ihren Geruch und alle ihre Untaten gewöhnt worden.

Der strohköpfige Dorfjunge, der eigentlich Zyprian hieß, nach dem Kalendertag, an dem er zur Welt gekommen war, der aber seit seiner Taufe auch schon den zierlichen Kosenamen Zipperjahn empfangen hatte, zeigte sein freundliches Gesicht, das wie ein Vollmond über der lederfarbenen Livree leuchtete, in der Tür und wurde bedeutet, die Hunde in den Stall zu führen. Während er in etwas ungeschickter Weise bemüht war, die drei Teckel in seine Gewalt zu bekommen, fragte die gnädige Frau nach der Posttasche, und das war zu viel für Zipperjahn. Er ließ die Dackel wieder los, worauf sie mit lautem Gebell durch den Saal jagten, legte die Hände an die Hosennaht, stellte sich in Positur und antwortete feierlich: »Herr Schottenmaier hat die Posttasche an sich genommen.«

Er wurde zu seiner äußersten Befriedigung beauftragt, von Herrn Schottenmaier die Posttasche zu verlangen – aber dieser seinem Ehrgeiz so schmeichelhafte Auftrag wurde durch das Erscheinen des Herrn Schottenmaier leider vereitelt. Der alte Diener, weißhaarig, mit geistlicher Würde in der Haltung seines Kopfes über der weißen Halsbinde, öffnete die Tür zum Flur und meldete ernsthaft: »Herr Theodor Debberitz wünscht den gnädigen Herrn zu sprechen!«

Kosegarten richtete einen kindlich bekümmerten Blick auf seinen Sohn. »Du meinst also, ich soll den Kerl empfangen?«

»Aber gewiß, Papa, hören, was er sagt – natürlich! Mein Gott – nichts gegen die Ehre – aber zahlungsfähig soll er ja sein!«

»Na also – dann führen Sie ihn ins Büro,« sagte Kosegarten, ergeben in alle Unglücksfälle, die das Schicksal über ihn hereinwälzte.

Hilde fühlte in diesem Augenblick ein großes Mitleid mit dem alten Herrn. Sie trat auf ihn zu, strich ihm liebkosend über die Schulter. »Onkelchen, der Mann will gewiß nur protzen – hat gewiß gar keine ernsten Absichten ...«

»Meinst du, Mädel?« rief Kosegarten erleichtert. »Du wirst recht haben. Na, dem Kerl will ich aber heimleuchten – der soll sich nicht noch mal unterstehen, mich zum Narren zu haben!« Die Streitlust fachte auch den Lebensmut wieder an.

Zipperjahn hatte sich inzwischen mit den Hunden herumgebalgt. Plötzlich fuhren die Tiere sämtlich laut bellend auf einen Mann los, der – niemand hatte gesehen, wie er dort hingekommen war – auf der Rampe vor der geöffneten Glastür stand. Nicht nur Kosegarten, auch die andern Anwesenden wußten sofort, daß dies der prachtvolle Theodor Debberitz war. Sein Gesicht schimmerte mild von einem leichten Fettglanz, als sei es mit Freudenöl gesalbt, indem er, ungeniert eintretend, es der Gruppe am Frühstückstisch entgegenwandte. Die Sonnenstrahlen ergriffen sofort die sich auf dem gerundeten Leib seiner weißen Weste leicht wiegenden Gehänge seiner goldenen Uhrkette als geeigneten Gegenstand, um auf ihnen ein anmutig glitzerndes kleines Feuerwerk zu entzünden. Die Krücke seines Spazierstockes blitzte ebenfalls in einem herausfordernden Silberglanz.

Er lüftete den Hut mit weltmännischer Sicherheit. »Morgen, gnädige Frau! Morgen, gnädiges Fräulein,« ertönte sein jovialer Gruß in die erwartungsvolle Stille, die sein Erscheinen hervorgerufen hatte.

Frau von Kosegarten neigte kühl ihr Haupt – o, sie konnte auch die große Dame sein, wenn sie wollte. Der alte Herr, der dunkelrot vor Aufregung geworden war, bemerkte mit beleidigender Trockenheit: »Schottenmaier sollte Sie ins Büro führen. Geschäfte pflege ich nicht in Gegenwart der Damen zu erledigen.«

»Ah, bitte sehr um Verzeihung, wenn ich hier unberufen eindringe. Der Diener kam nicht wieder, da wollte ich doch in meinem zukünftigen Besitztum mal 'n bißchen Umschau halten!«

»Nun, das ist etwas vorzeitig Beschlag auf den Besitzertitel gelegt,« rief August heftig. Der Vater hatte recht: dieser Mann war unerträglich dreist.

Debberitz lächelte zu Augusts Bemerkung und antwortete ruhig: »Da haben Sie recht, Herr von Kosegarten, abgemacht ist die Geschichte noch lange nicht. Ne Katze im Sack kauft Thete

Debberitz nicht – nee, nee! Die Rampe draußen muß neu fundiert werden, Herr von Kosegarten – fällt Ihnen sonst eines Tags zusammen!«

»Das ist meine Sache,« brummte der alte Herr. »Nun kommen Sie, Debberitz.« Der prachtvolle Herr Debberitz schien noch nicht gewillt zu sein, diesem Wunsche Folge zu leisten.

Er blieb stehen, breitbeinig, stemmte die Arme in die Seiten, so daß seine gewaltige Gestalt förmlich eine dunkle Masse in dem hellen Raum bildete, und sah durch die Glastüren in den Park hinaus.

»Ein feiner Blick,« reflektierte er seelenruhig, »entschieden hochherrschaftlich! Für den Gartensaal habe ich immer was übriggehabt. Thete, habe ich mir immer gesagt, hier zu frühstücken, so mit 'n Blick ins Jrüne, ne feine Sache! Na ja, wenn einer Glück haben will, da hat er's! Das ist mein Wahlspruch, Herr von Kosegarten. Ja, gnädige Frau, so ändern sich die Zeiten. Es ist schon lange her, daß wir uns nicht gesehen haben. Wissen Sie noch, wie ich und Fritz Ihnen mal die halbe Melone gemaust haben?«

»Das muß wohl ein Irrtum sein,« bemerkte Mariechen von Kosegarten ablehnend, aber Herr Debberitz beteuerte ihr, daß er ein sehr gutes Gedächtnis für solche Dinge habe.

»Rackers waren wir beide, unverschämte Rackers,« erklärte er fröhlich und schien, nähertretend, nicht übel Lust zu haben, den leeren Stuhl neben Frau von Kosegarten einzunehmen, um sich weiter in allerlei Jugenderinnerungen zu vertiefen. Sie wartete mit einer Art von erstarrtem Staunen auf dieses Ereignis, und vielleicht hielt auch ihr Gatte eine freundschaftliche Niederlassung des selbstzufriedenen Eindringlings nicht für unmöglich, denn in einem Ton, wie er etwa mit einem widerspenstigen Ackerknecht reden mochte, rief er ihm zu: »Debberitz, ich warte!«

Debberitz warf einen schnellen, scharfen Blick seiner zwischen Fettfalten verborgenen, lustig glitzernden Äuglein über den alten Herrn und strich den dicken, wie zwei Eberhörner in die Höhe gedrehten Schnauzbart. ›Verfluchte Junkerfrechheit!‹ dachte er in diesem Augenblick und nahm sich vor, daß Herr von Kosegarten den Ton zu bereuen haben werde. Die milde und gewissermaßen liebevolle Stimmung, in die er durch die Erinnerung an die gestohlene Melone gebracht worden war, verflog spurlos. Er setzte in Gedanken den Kaufpreis für Rauschenrode sofort um einige Mille herunter. »Also gehen wir, Herr von Kosegarten, gehen wir an die Geschäfte!« rief er nach diesem Entschluß forsch und kordial. Mit einer für seine Korpulenz erstaunlichen Elastizität folgte er dem voranschreitenden alten Herrn.

»Da soll man nun noch sagen: Unrecht Gut gedeihet nicht!« bemerkte Hilde, den beiden so verschiedenen Gestalten nachschauend.

»Mit dem wird Papa allein nicht fertig,« sagte August sorgenvoll. »Wäre er nur nicht so eigensinnig in dem Punkt und ließe mich an den Verhandlungen teilnehmen!«

Drittes Kapitel

Schottenmaier brachte die Posttasche. Während dle gnädige Frau in ihrem Körbchen nach dem Schlüssel suchte und Hilde ihn schnell fand, ein kleiner Vorgang, der sich jeden Morgen wiederholte, wartete der Diener, um die Korrespondenz der Leute in Empfang zu nehmen.

»Gnädige Frau,« sagte er langsam mit gelindem Vorwurf, »der Herr werden uns das doch nicht antun, den Mann hierher zu setzen!«

»Ach, Schottenmaier,« seufzte Frau von Kosegarten, »wenn der liebe Gott so will, da kann der Herr auch nicht gegen an.«

Aber Schottenmaier schüttelte mißbilligend das ergraute Haupt und begann die Sünden der Väter des Herrn Theodor Debberitz aufzuzählen. Wo dessen Reichtum herkam, das wußte man, das konnte sich jedes Kind im Dorf an den fünf Fingern nachrechnen. Wenn man nur an dle Butter und an all die Eier dachte und die Bratenreste, die in der Wachstuchtasche der Frau Debberitzen selig verschwunden waren, wenn sie des Sonntags und bei Jagddiners in der Küche half. Und dann die mysteriöse Geschichte mit den zweitausend Zentnern Kartoffeln, die als erfroren vom alten Debberitz gebucht waren, während doch kein Mensch die erfrorenen Kartoffeln je zu sehen gekriegt hatte.

Hildens klugen Mund umflog ein leises Spottlächeln, während der würdige Schottenmaier sich ereiferte. Der Kampf der Familien Schottenmaier und Debberitz um die besten Plätze an der herrschaftlichen Krippe hatte seinerzeit viel Stoff zu humoristischen Geschichten am Herrschaftstisch geliefert. Sich bestehlen lassen und darüber zu lachen, gehörte von alters her zu den Traditionen der Familie Kosegarten. Man hätte es für plebejisch gefunden, sich mehr als höchstens alle Schaltjahr einmal dagegen aufzulehnen.

»Sie lassen ja Ihren Sohn jetzt studieren, Schottenmaier,« sagte Fräulein Hilde freundlich, und der Alte erwiderte stolz: »Ja, gnädiges Fräulein, in Halle. Theologie. Der Herr haben ihm das Stipendium verschafft.«

»So – nun, da haben Sie es ja auch zu etwas gebracht!« sagte Hilde etwas schärfer, und Schottenmaier begriff, wo sie hinauswollte. Aber er ließ sich's nicht verdrießen und entgegnete würdig: »Der Herr im Himmel hat unsere treue Arbeit gesegnet. Meine selige Frau hat immer verstanden, das wenige zusammenzuhalten. An die Kinder wendet man's ja dann gern.«

Frau Marie hielt einen Brief in ihrer Hand. »Von der Prinzessin Karoline an Tante Trinette!« sagte sie ein wenig atemlos, »das betrifft dich – Hilde! – Bring ihn doch der Tante, sie ist wohl noch im Park.«

Hilde ging durch den alten Taxusgang nach dem Obstgarten, wo sie die Tante zu finden hoffte. Es graute ihr davor, nach Langenrode zu kommen, in diese geradlinige, verschlafene Residenz, wo so viel Unsauberes, Verwirrtes, Böses an Intrigen und Leidenschaften unter der Oberfläche vor sich ging. Jeder Stein, jeder Baum würden sie begrüßen mit stummen Erinnerungen an die kurze, qualvolle Seligkeit und die lange, bange Schmach ihres Mädchenlebens. Jene Schmach, die allmählich fast vergessen war im Gleichmaß der Tage und in der behaglichen Güte des einfachen, menschlichen Daseins auf Rauschenrode. Jetzt wußte sie, daß hinter aller friedvollen Stille immer ein heimliches Warten gelauert hatte: wann wird das Vergangene wieder aufwachen, um sie aufs neue vor den Richterstuhl der Unbarmherzigkeit zu fordern? Wie sollte sie das helle Licht des Tags und den scharfen Wind des Lebens ertragen mit ihrer zerwühlten Seele?

An den Erdbeerbeeten wandelte die hohe, hagere Gestalt Fräulein Trinettes entlang, sich zuweilen niederbeugend und von den jungen zarten Blättchen der von weißen Blüten überdeckten Büsche in ein Handkörbchen sammelnd. Fräulein von Kosegarten genoß stets nur Tee von den getrockneten Blättern der Erdbeerstaude. Sie fand ihn bei weitem bekömmlicher für das leicht erregte Blut, und dann sah sie auch nicht ein, weshalb man die unchristliche mongolische Rasse in ihrem Teehandel unterstützen sollte!

Sie trug einen glockenförmigen Gartenhut, der unter dem Kinn mit schwarzen, oft gewaschenen Bändern gebunden war. Ihr gleichfalls schwarzes Kleid hätte einem impressionistischen Maler reiches Studienmaterial in Farbennuancen geliefert, denn der abgetragene Stoff spiegelte fuchsrot, grünlich und violett vor Alter. An dem welken Spitzenkragen, aus dem der Hals lang und sehnig hervorragte, war das ursprüngliche Muster durch die ausgedehntesten Stopfereien ergänzt, und auch die hackenlosen schwarzen Zeugschuhe wiesen die Kunst der früheren Hofdame im Reparieren und Erhalten alter Kleidungsstücke reichlich auf.

Trotz ihres schäbigen Anzugs verleugnete Fräulein von Kosegarten durch die Würde ihrer Haltung und die feine Anmut ihrer Handbewegungen in keiner noch so zweifelhaften Situation, in die ihr Hang zur Sparsamkeit sie brachte, die Dame von Stand.

»Hilde, Kind, welche Nachricht!« rief sie, nachdem sie das Briefchen der Prinzessin überflogen hatte, »die Hoheit, die liebe Hoheit meldet sich zum Lunch an! Denke, sie will dich kennenlernen! Will sich unverbindlich mit dir unterhalten! Nun, was sagst du dazu? Hat man der alten Tante dankbar zu sein?«

Hilde neigte sich und küßte die lang und gelb aus schwarzen Filethandschuhen sich hervorstreckenden Finger des alten Fräuleins. »Wann kommt die Prinzessin?«

»Ja, sehen wir! *Mon dieu!* – heute, heute mittag um zwölf! Noch immer so jugendlich impulsiv in ihren Entschlüssen! Nun, da müssen wir eilen, Marie die Nachricht zu bringen.«

»Tante,« sagte Hilde gequält, »halte es nicht für Undankbarkeit, nur sieh, ich eigne mich wirklich nicht zur Hofdame. Du hast neulich bemerkt, die Herzogin wünsche mehr die Gräfin Audorf für ihre Schwägerin. Und Frau von Leuchtenberg – du weißt ja, daß sie mir auch nicht wohlgesinnt ist.«

»Leider weiß ich dies, aber Prinzessin Karoline ist nicht von der Leuchtenberg abhängig.«

»Tante, Frau von Leuchtenberg ist, wie man sagt, zur Oberhofmeisterin der Herzogin in Aussicht genommen. Tritt sie diesen Posten an, so bin ich gewiß, sofort eine erbitterte Feindin vorzufinden.«

»Du legst dir zu viel Wichtigkeit bei, wenn du meinst, daß eine Frau wie die Baronin Leuchtenberg überhaupt noch an jene kindische Geschichte denkt. Ich habe es immer getadelt, daß Marie in ihrer Bequemlichkeit nach jenem Eklat niemals wieder einen Winter mit dir in Langenrode zugebracht hat.«

»O Tante, das wäre ihr nicht angenehm gewesen.«

»Ja, Marie ist immer dafür, sich das Leben angenehm zu machen. Aber man ist nicht auf der Welt, um das Angenehme zu tun, sondern das Richtige. Richtiger wäre es gewesen, den bösen Zungen Trotz zu bieten. Du hättest auch eher Gelegenheit gehabt, dich zu verheiraten.«

»Dazu hatte ich keinen Wunsch, Tante.«

»Sehr töricht! Ein Mädchen kann einen Flecken, der an ihrem Ruf haftet, einzig vertilgen, indem sie sich gut verheiratet. – Jetzt ist es wohl zu spät. Ich hoffe nun wenigstens, daß du dich in die Pläne, die ich mit dir habe, mit klugem Sinne fügst. Ich bin dann auch nicht abgeneigt, dir eine kleine Summe zu einigen Toiletten auszusetzen. In Berlin bekommt man bei Ausverkäufen recht billige Stoffe, die du geschickt verwenden wirst.«

Hilde ging schweigend neben der Tante, während diese plaudernd dem Schlosse zuschritt.

Als sie in den Gartensaal kamen, fanden sie Frau von Kosegarten in Tränen und August, das Gesicht gerötet, mit großen Schritten auf und ab gehend.

»Es ist ein Wahnsinn, eine blanke Verrücktheit!« schrie er zornig, »was denkt sich der Kerl eigentlich? Was will er hier?«

»Welcher Kerl?« fragte Trinette. »Ich bitte, hört doch einen Augenblick auf mich. Mein altes Herz bebt vor Freude! Die Prinzessin Karoline will heute mittag bei uns lunchen.«

Marie blickte mit ihrem verweinten Gesicht die Schwägerin verstört an. August brach in ein lautes Gelächter aus. »Immer besser! Immer besser! Dann kann ja Fritz die Prinzessin zu Tisch führen. Ist der Hoheit gewiß noch nicht passiert, von einem Vagabunden zu Tisch geführt zu werden!«

»August,« schluchzte seine Mutter, wie ein Kind herausweinend, »sage nicht so häßliche Worte! Ich bitte dich, sage nicht ›Vagabund‹!«

»Jetzt ist keine Zeit zu unverständlichen Witzen, August,« rief die Tante erregt. »Wir müssen an die Vorbereitungen zum Empfang der lieben Hoheit denken!«

»Der Hoheit muß abtelegraphiert werden,« erklärte August kurz.

»August,« rief Trinette erschrocken, »besinne dich! Einer Hoheit telegraphiert man nicht ab!«

»Es müssen sich Gründe finden lassen! Ein Fall von Scharlach, Keuchhusten, was weiß ich, im Schloß!«

»Wenn sie zu Mittag hier sein will, so ist sie längst von Nassenstein aufgebrochen,« warf Hilde hin.

»Dann muß man ihr einen reitenden Boten entgegenschicken! Die Kombination ist undenkbar! ...«

»Ich meine, ihr könntet uns endlich aufklären, was hier vorgefallen ist,« sagte Trinette würdig, aber scharf.

Marie blickte auf und lächelte plötzlich durch ihre Tränen mit einem hellen, frohen Lächeln, während August spöttisch berichtete: »Es hat sich noch ein Gast angemeldet. Ja – Fritz wird in diesen Tagen, möglicherweise schon heute – von Hamburg hier eintreffen.«

»Fritz? Mein Gott, Tantchen – Tantchen ...« Hilde umfaßte Frau von Kosegarten. »Du weinst? Ach Tantchen, freue dich doch!«

Marie von Kosegarten weinte nur um so heftiger. »Hilde, es ist ja so traurig, so unbegreiflich schrecklich!«

August fuhr in einem künstlich ruhigen und ironischen Ton fort zu berichten: »Der teure Bruder schreibt: da wir nicht in der Lage wären, ihm das Reisegeld zu schicken, und da er überzeugt sei, er könne uns hier von Nutzen sein, so werde er sich auf einem Dampfer als Heizer vermieten und auf diese Weise herüberkommen.«

»Als Heizer?« fragte die alte Hofdame ungläubig, »wie ich Fritz beurteile, steckt dahinter irgendeine Abenteuerlichkeit.«

»Ich fürchte nicht,« meinte August höhnisch. »Was wissen wir denn im Grunde von seiner Existenz? Nichts als seine eigenen Angaben. Nun – wäre er der erste, der drüben gescheitert ist und als verhungerter Bettler heimkriecht unter das väterliche Dach?«

»Als Heizer!« wiederholte Tante Trinette, und ihr behaartes Kinn begann zu zittern, »als Heizer ... und wir erwarten die Prinzessin Karoline!«

Frau von Kosegarten hatte Hilde den Brief ihres Sohnes gereicht. Sie las ihn und sagte in ehrlicher Entrüstung: »Das hätte ich Fritz nie zugetraut!«

Frau von Kosegarten legte ihren Kopf auf Hildens Schulter, und das junge Mädchen streichelte ihr teilnehmend die nasse Wange.

»Hilde, Hilde,« weinte die Mutter, »wie war ich stolz auf diesen Jungen! Sündhaft stolz! Als er getauft wurde, stand alles in Flaggen und Girlanden auf Rauschenrode, und sie schossen mit dem alten Böller vom Turm, und die Leute vom Dorf brachten einen Fackelzug! Und nun – Kohlenschipper!«

»Pfui!« sagte Tante Trinette laut und langsam. »Ist Amerika nicht groß genug, um eines Menschen Schande zu verbergen? Aber Fritz hatte niemals den rechten Familiensinn!«

»Nun, Tante Trinette, von Familiensinn solltest du lieber nicht reden,« bemerkte August unmutig. »Hättest du mehr davon, brauchte Papa jetzt nicht mit einem elenden Wucherer und Spekulanten um Rauschenrode zu feilschen!«

»Wieso?«

»Da kommen sie,« flüsterte Marie atemlos vor Spannung, und ein plötzliches Schweigen entstand in der Gruppe, während draußen die Stimme des alten Herrn von Kosegarten und des Unternehmers in heftigem Disput laut wurden. Man hörte Herrn Debberitz in einem rohen, vor Zorn heisern Ton schreien: »Nach der Beleidigung, Herr von Kosegarten, – da ist es aus zwischen uns – da behalt ich meine blauen Lappen, da behalt ich sie eben! Nich mehr rühr an, sage ich – die runtergekommene Klitsche, das verfluchte, baufällige Rattennest!«

»Schottenmaier!« donnerte der Gutsherr dagegen, »für den Herrn bin ich nicht mehr zu sprechen – auf keinen Fall! – hören Sie?«

Gleich darauf stand Kosegarten, blaurot vor Zorn, unter seinen Familienangehörigen und schrie: »Dem hab ich's aber gut gegeben, dem Schindluder! Der kommt nicht noch mal wieder – so ein Mistvieh! So ein Schweinigel!«

»Ja, da ist es also nichts mit dem Verkauf geworden?« fragte Marie.

»Wird schon noch ne Weile gehen, wie es bis jetzt gegangen ist!« rief Kosegarten. »Ja, ja – so'n alter Besitz! Man ist doch mit ihm verwachsen. Man hat's doch lieb, das olle Nest! Na, noch sind wir Herren im Land, Marie. Geben's sobald noch nicht her, was?«

Er wandte sich mit seinem guten, kindlichen Lachen der Frau zu, und sie lachte auch und rief fröhlich: »Gestern abend hab ich doch den lieben Gott so recht innig gebeten, er möchte uns einen Käufer schicken, und heute – heute will ich ihm so recht innig danken, daß du den Käufer wieder davongejagt hast!«

In der Mamsellenstube neben der großen Herrschaftsküche gab es ein neugieriges Stimmengeflüster. An dem Fenster, an dem Mamsell Wärmchen Wachsblumen, rotblühende Kakteen und ein Myrtenbäumchen zog, das, trotzdem es schon manches Kränzlein lieferte, doch seinen Lebenszweck, Mamsellchens eigenes Haupt zu schmücken, bis jetzt verfehlt hatte, scharte man sich dicht um Herrn Schottenmaier. Er pflegte hier auf dem von einer weißen, gehäkelten Decke verhüllten Nähtisch seiner alten Freundin das Frühstück zu verzehren. Heute genoß er ein Täßchen Hühnerbrühe mit Ei – Mamsellchen hatte ein Restchen Frikassee vorgezogen, und während sie ein Beinchen kunstgerecht ablutschte, blickten ihre runden, braunen Augen noch runder als gewöhnlich und ganz bekümmert auf Schottenmaier.

»Nee, sagen Sie nur, Schottenmaier – Kohlenschipper – sagen Sie? Das haben Sie wohl falsch verstanden mit Ihrem linken tauben Ohr – nee, da muß ich doch gleich mal selbst nachfragen. So ein Kummer für die Herrschaft, ach Jott, ich sage ja!«

»Denn is er richtig so'n armes, verlaustes Wurm?« fragte Zipperjahn das Hausmädchen, das vor Wichtigkeit und Gruseln die Luft seufzend durch die weißen Zähne zog. Sie dachte an den Kuß, den ihr Herr Fritz einmal auf die frischen fünfzehnjährigen Lippen gedrückt hatte und der so gut nach feinen Zigaretten schmeckte.

Zipperjahn aber sagte schmerzlich: »Un he hatte doch bei mich Jevatter gestanden,« als müßte diese Tatsache den jungen Herrn eigentlich vor allen Gefahren behütet haben. Enttäuscht fügte er hinzu: »Un he wollte mich ne joldene Uhr mitbringen, sagte he, als he fortmachte!«

Herr von Kosegarten saß in dem großen Lehnstuhl, in dem er abends gern einzunicken pflegte, hielt den Brief seines Sohnes in der Hand und sah geistesabwesend bald auf seine Frau, bald auf Hilde, als erwarte er von diesen beiden Getreuen irgendeine Hilfe für den unbegreiflichen Fall. Diesen Augenblick wählte Mamsell Wärmchen, um zu fragen, ob wegen des Mittagessens noch Aufträge entgegenzunehmen seien.

»Ach, Wärmchen,« stöhnte Frau von Kosegarten, »die Prinzessin Karoline hat sich angesagt! Ich weiß nicht, wo mir der Kopf steht, Wärmchen!«

»Das will ich wohl jlauben, jnädige Frau,« sagte Wärmchen in feierlichem Ton, »das ist zu viel auf einmal für einen Menschen. Ich wollte schon vorschlagen, die Kalbskeule, die lassen wir doch für morgen – Schottenmaier sagt ja – nee, jnädige Frau, is es denn, weiß Jott, wahr? Hat sich denn der Herr Fritz wahrhaftigen Jott angemeldet? ›Schottenmaier,‹ sag ich, ›Sie mit Ihrem linken tauben Ohr, Sie hören manchmal falsch, da muß ich doch mal selbst nachfragen.‹«

»Hören Sie, Wärmchen,« erklärte Hilde, »vorläufig soll die Sache noch Geheimnis bleiben! Also nicht im Dorf rumklatschen. Verstehen Sie?«

»Ja, ja – jnädiges Fräulein – aber hätten Sie es doch nur jleich gesagt! So ne Nachricht – die interessiert doch 'n jeden, damit sind die Mächens nu sicher schon los!«

Hilde seufzte. Mamsell Wärmchen aber überlegte geschäftig. »Die Hühnerbouillon – wenn sie verlängert und mit Ei abgezogen wird, reicht sie noch, ich schenke die Tassen nicht so voll.«

»Ja, und dann die Kalbskeule,« sagte Frau Marie, das nasse Taschentuch zusammenballend und abwechselnd in beide rotgeweinte Augenhöhlen drückend.

Wärmchen nahm ihre weiße Schürze auf, drückte sie gleichfalls gegen die Augen und brachte einen sonderbaren Laut durch die Nase hervor. Liebevoll sagte sie: »Die jungen Gänse gingen auch schon. Oder einen kleinen Schinken in Burgunder für die Prinzessin. Gnädige Frau, die Kalbskeule – die lassen wir für den Herrn Fritz, die gab's doch schon in der Bibel, als der verlorene Sohn nach Hause kam.«

»Wärmchen!« warnte Hilde erschrocken.

»Ach Jott, ich altes Schaf, das hätt ich wohl nicht sagen sollen? Na, nehmen Sie's mir nur nicht übel, gnädige Frau! Ach nee, die Zunge könnt ich mir ausreißen!«

Denn Frau von Kosegarten war aufs neue in Tränen ausgebrochen. Kosegarten aber erhob sich schwerfällig aus demLehnstuhl und stöhnte: »Der verlorene Sohn – na ja – ich wehre mich nicht mehr ... mag nur alles kommen, wie's will – ich wehre mich nicht mehr.«

Hilde bat sich der Tante Schlüsselkorb aus – sie würde schon alles besorgen – die Tante solle sich nur nicht beunruhigen.

Kosegarten blieb vor seiner Frau stehen. »Du mußt dich zusammennehmen, Marie. Wir dürfen uns nicht gehen lassen. Die Prinzessin darf nicht durch eine Absage brüskiert werden – sie ist, offen gestanden, mein letzter Rettungsanker!«

»Die Prinzessin?«

»Ja – die Prinzessin! Ich muß vernünftig mit ihr reden. Na – ja also... es bleibt mir nichts anderes übrig – ich muß den Herzog anpumpen.«

Marie schwieg erschrocken – so böse stand es also mit ihnen...

Und nun erschien Schottenmaier mit einem Telegramm.

»Komme zwischen zwölf und zwei Uhr – freue mich unsinnig,« drahtete Fritz von Hamburg.

August dachte einen Augenblick nach, dann sagte er in dem ruhigen, würdigen Ton, der ihn selten verließ: »Ich habe es mir überlegt, Papa – es wird das beste sein, ich reite zu beiden Zügen nach der Bahn, empfange ihn – und – spediere ihn gleich auf frischer Tat nach Hamburg zurück!«

»Ich soll ihn nicht sehen! –? Nein, nein – das – August – Friedrich – das dürft ihr mir nicht antun – das nicht!«

Die stille, demütige Frau Marie schrie es fast. Hochrot im Gesicht stürzte sie auf ihren Mann zu, packte seinen Arm, fiel ungelenk und schwerfällig neben ihm auf die Knie und jammerte sinnlos vor Schrecken: »Mein Friedrich, denk doch an unsere Silberhochzeit – mein Friedrich, ich bin dir immer eine treue Frau gewesen ... ›Freue mich unsinnig,‹ schreibt der Junge –! Nein – nein, nein...« lallte sie, das nasse Gesicht an seinen Arm drückend, den sie zwischen ihren Händen heftig preßte, als könnte sie ihren Mann dadurch milderen Sinnes machen.

Kosegarten stammelte erschrocken: »Mariechen, Gott – Mariechen!« und bemühte sich, sie aufzuheben. Auch August war hinzugesprungen und sagte strafend: »Aber, Mama!« Ihm waren Familienszenen höchst peinlich.

Marie wurde in die Sofaecke gesetzt. Kosegarten strich ihr die Wange und fragte leise: »Hast'n denn so lieb, Mariechen?«

Sie saß und starrte vor sich hin, blickte innerlich in die Vergangenheit und flüsterte: »Die Sehnsucht – all die Jahre!«

Kosegarten wandte sich zu August: »Na, denn bring ihn nur her – heute abend in der Dämmerung, wenn die Prinzeß fort ist. Und richtet ihm nur ein Bad – er wird's nötig haben!«

Schweren, schlürfenden Schrittes ging er hinaus.

Viertes Kapitel

August ritt durch das Dorf, durch die maiengrünen Saatfelder. Immer wieder kehrten seine Gedanken zu einer kleinen Szene aus ihrer Kinderzeit zurück. Ihr gemeinsames Spielen war ein unaufhörliches Streiten gewesen, und Fritz hatte immer herrisch seinen Willen durchzusetzen verstanden. Einmal baute er aus Tuffsteinen, Erde und Brettern eine Burg im Garten, auf der sich ein künstlicher kleiner Turm befand. Um die Spitze dieses Turmes zu schmücken nahm Fritz eine blaue Glaskugel, die in Augusts Spielschränkchen stand und seine höchste Wonne bildete. Fritz hatte ihn gar nicht darum gefragt, Vater und Mutter, Hilde und Mimi Rahlen mußten das Kunstwerk bewundern, und alle fanden, gerade die blaue Glaskugel auf der Spitze des Tuffsteintürmchens gäbe den wirkungsvollsten Abschluß.

August stand dabei, finster und verdrossen, verzweifelte innerlich an sich, weil er nicht den Mut fand, seinem Bruder in die Haare zu fahren und vor aller Augen die Kugel herunterzureißen, begnügte sich aber schluckend und schluchzend zu stammeln: »Die Kugel ist mein! Die Kugel ist mein, und Fritz hat sie mir gestohlen!«

Die Mutter sagte, es sei häßlich, seinen Bruder mit solchen Worten zu beschuldigen. Fritz habe sie gefragt, und sie habe ihm erlaubt, die Kugel zu nehmen. Alle redeten auf August ein und verlangten von ihm, er solle etwas bewundern, was ihn doch nur mit Zorn und Schmerz erfüllte. Er war nun einmal so, er mochte sein Spielzeug kaum benutzen, alles, was er besaß, hielt er sorglich bewahrt in seinen Schränken und Schubladen, sich ruhig und zufrieden des Besitzes erfreuend, während Fritz schon damals die wunderlichsten und gewagtesten Dinge mit seinem und anderer Leute Eigentum unternahm.

August bog in die Ulmenallee, die am Niedernroder Park entlang führte, und ritt in einer Art von dumpfen Träumen langsamen Schrittes unter den Bäumen dahin.

Als er sich dem Torweg näherte, durch den man den Blick auf das weiße, breit am Ufer des großen Teiches hingelagerte Schloßgebäude hatte, faßte er die Zügel fester und wollte schnell vorüber, denn er war nicht in der Stimmung, mit den Bewohnern nachbarliche Grüße zu tauschen. Doch ein Diener war beschäftigt, die Torflügel zu öffnen, und dicht dahinter hielt Mimi auf dem Rücken ihrer braunen Stute, den Reitknecht neben sich, zu ihrem täglichen Morgenritt durch die Felder bereit. Sie winkte mit der Gerte und rief ihm einen fröhlichen Gruß zu. Er konnte nicht anders, als warten und sie herankommen lassen.

»Verzeih,« sagte er etwas verlegen, »ich bin eilig, ich muß zum Zwölfuhrzug auf die Bahn.«

»Wen erwartet ihr denn?«

August wurde rot. »Es ist vielleicht ein Käufer,« murmelte er und fühlte den Blick des Mädchens beobachtend auf seinen Zügen.

Sie beugte sich zu ihm herüber.

»August,« fragte sie herzlich, »was hast du? Du siehst aus – ich weiß nicht, wie ich es ausdrücken soll... Ja, es ist etwas so Hartes, Drohendes in deinem Gesicht, was ich gar nicht an dir kenne.«

»Ich glaube nicht, daß du mein Gesicht so genau beobachtet hast, um alle seine Ausdrucksfähigkeiten zu kennen,« antwortete August traurig.

»Doch, doch!« versicherte sie. »Ich will dir ja eine gute Schwester sein, da muß man den Bruder ordentlich kennenlernen. Meinst du nicht auch?«

Er seufzte und blickte nach dem Reitknecht, der diskret zurückgeblieben war. »Das mit dem Bruder- und Schwesterspielen bleibt ja nur Komödie.«

Mimi lächelte. Die warme Morgenluft gab ihrem zarten, blonden Gesicht einen Teil der Frische wieder, die die Jahre schon zu nehmen begonnen hatten. »Wenn es auch anfangs nur Komödie ist,« sagte sie heiter, »so wollen wir uns dadurch nicht hindern lassen, und aus der Komödie wird mit der Zeit hoffentlich eine gute Wahrheit. Also, lieber August, ich will einmal deine Vertraute sein, und nun beichte mir auf der Stelle, was dich so erschüttert hat!«

Sie sah, den Kopf zu ihm hinwendend, mit einem lieben Blick in seine Augen. Er starrte ihr feindlich ins Gesicht.

»Willst du wissen, wen ich erwarte?« fragte er und machte eine Pause. »Fritz kommt mit dem Mittagzug aus Amerika zurück. Da hast du es.«

Das rosige Gesicht vor ihm wurde weiß, die Lippen zitterten, und in den weitgeöffneten Augen sammelten sich Tropfen, die langsam auf die erblaßten Wangen niederglitten. Er sah das alles, und in dem unerträglichen Schmerz, den es ihmverursachte, entdeckte er mit Genugtuung, wie sehr er Mimi liebte; weiß Gott, es war nicht ihr Vermögen, das ihn zu ihr hingezogen hatte.

»Fritz kommt! Fritz kommt!« wiederholte sie zweimal ganz leise, wie etwas das sie auswendig lernen mußte, um es zu begreifen. Sie hatte völlig die Herrschaft über sich verloren. August griff nach den Zügeln ihres Pferdes.

»Mimi, geht dir das so nahe?« fragte er, und sie senkte den Kopf und ließ ihre Tränen strömen. So ritten sie eine Weile dicht nebeneinander, indem er ihr Tier am Zügel führte und ihr Zeit ließ, sich zu fassen. Dann sah sie ihn mit dem hilflosen Blick eines kleinen Kindes an und murmelte demütig: »Du bist so gut zu mir, und ich danke es dir so schlecht.«

»Du kannst ja wohl nicht anders,« murmelte er, »aber du tust mir leid. Ob Fritz einer so treuen Erinnerung würdig ist?«

»Ach – würdig!« sagte Mimi, und ihr Gesicht wurde wieder rosig und bekam ein verklärtes Lächeln, »was heißt denn würdig? Auf würdig kommt es doch gar nicht an in der Liebe!«

Er zog einen Bogen, der arg zerknittert, mit vielen Tränenspuren bedeckt war, aus der Brusttasche und gab ihn Mimi.

Sie las das kurze Schreiben. Plötzlich blickte sie mit gänzlich verändertem, glückstrahlendem Ausdruck zu ihm auf. »Siehst du,« rief sie jubelnd, »das ist Fritz, wie er immer war. Ich finde es geradezu wundervoll.«

»Nein, Mimi – deine Auffassung ist törichte Mädchenschwärmerei. Ihr alle werdet es mir einmal danken, wenn ich Fritz deutlich mache, daß er in unsern Kreis nicht mehr gehört.«

»Nun,« rief Mimi heftig, »wenn seine Familie ihm die Aufnahme verweigert, so wird er an einem andern Ort eine Heimat finden. Ja, August, dagegen kannst du nun gar nichts tun! Ich werde auf dem Bahnhof sein, und Fritz wird als mein Gast mit mir nach Niedernrode kommen!« »Und weißt du denn, ob Fritz auf dieses großmütige Anerbieten wird eingehen wollen?«

Ihr Antlitz leuchtete vor Freude.

»Ich weiß es, ich fühle es,« rief sie erglühend, »ein Gefühl, so lange festgehalten, kann nicht täuschen!«

Sie ritten in scharfem Trab weiter. Keins hatte dem andern mehr ein Wort zu sagen.

Endlich begann August: »Mimi, du weißt, daß ich dich sehr liebhabe, und darum will ich nicht, daß du Torheiten begehst, deren Folgen sich gar nicht absehen lassen. Ich verspreche dir, daß ich Fritz heute abend nach Rauschenrode bringe. Aber nun bitte ich dich, sei vernünftig, kehre um und lasse mich Fritz allein empfangen!«

Sie hob den Kopf und blickte ihn zweifelnd an.

»Ob ich dir vertrauen darf?« fragte sie sacht.

»Ich glaube, daß ich dir noch niemals Gelegenheit gegeben habe, an mir als Ehrenmann zu zweifeln,« antwortete August kalt.

»O, August, gewiß nicht! Und was du heute tust, das will ich dir nie vergessen, dafür werde ich dich immer liebhaben, so lieb, wie du es gar nicht glauben kannst!«

Er schüttelte mit einem gequälten Ausdruck den Kopf, und sie rief: »Jetzt reite ich nach Rauschenrode hinauf und sage Tante Kosegarten, daß sie zwei herrliche Söhne hat!«

Sie nahm ihre Gerte unter den Arm und reichte die Rechte August zu festem Druck. Dann wendete sie und sprengte in lebhaftem Tempo die Allee zurück.

August strich mit der Hand über die Stirn, an seinen Schläfen hatten sich kalte, feuchte Tropfen gesammelt. Er biß die Zähne übereinander und dachte wie in einem Krampf immer nur an das eine: Man muß schließlich ein Ehrenmann sein.

Mimi fand Rauschenrode in unruhevollen Vorbereitungen zum Empfang des fürstlichen Gastes. Ein Gärtnerbursche rannteeilfeltig an ihr vorüber die Rampe zum Gartensaal hinauf. Aus der geöffneten Küchentür am Ende des Seitenganges drang das Klirren und Klappern von Töpfen und Porzellan und Schottenmaiers würdevoll befehlendes Organ. Der Flur selbst, wo sonst eine behagliche Unordnung alter Mäntel, vertragener Hüte, abgenutzter Regenschirme und alter Wagendecken zu lagern pflegte, war sorgfältig von all den Kleidungsstücken befreit und machte in seiner ungewohnten Kahlheit einen beinahe feierlichen Eindruck. Auch das Wohnzimmer war leer.

»Die gnädige Frau ist bei der Toilette,« berichtete ein stürmisch an Mimi vorüberlaufendes Hausmädchen, »und Fräulein Hilde ist in der Küche. Die Prinzessin Karoline wird ja zum Frühstück erwartet, wissen das gnädige Fraulein es nicht?«

»So – die Prinzessin?« sagte Mimi verwundert. Indem sie verwirrt dastand und überlegte, ob es statthaft sei, Frau von Kosegarten bis in ihr Schlafzimmer zu verfolgen, trat Marie selbst ins Zimmer, in schwerer Seide rauschend, das große, gütige Gesicht von weißen Spitzenbarben umflattert. Zu allem stattlichen Prunk trug sie einen Haufen abgetragener Männerkleider auf dem Arme. Mimi flog ihr entgegen und warf sich ihr mit einer stürmischen Bewegung um den Hals.

»Tante, Tantchen, liebstes, bestes Tantchen, er kommt! er kommt! Ja, freust du dich auch so unmäßig wie ich?«

»Ach, Mimi, Kind, ich weiß nicht mehr, ob ich mich freuen darf! Es ist zu viel auf einmal! Mein Kopf kann es nicht bewältigen!«

Mimi sah die alte Frau gerührt an. Es war seine Mutter, die Mutter des Mannes, dessen Bild sie jeden Abend in diesen vergangenen elf Jahlen geküßt hatte. Sie streichelte ihre Hände, nahm ihr die Kleider vom Arm, fragte, ob sie ihr in irgendeiner Weise helfen könne, und was es für eine Bewandtnis mit diesen alten Sachen habe. Und dazwischen sagte sie plötzlich, ohne eine Antwort abzuwarten: »Tante, übrigens es war ein Glück, daß ich August auf der Chaussee begegnet bin. Weißt du, was der für Absichten hatte? Er wollte dir deinen Jungen mir nichts, dir nichts übers Meer zurückschicken, ohne daß du ihn zu sehen bekommen hättest. Ja, weiß Gott, das wollte er! Ich bin ganz irre an August geworden!«

Frau von Kosegarten hatte eine von den abgetragenen Männerhosen aufgenommen und hielt sie gegen das Licht.

»Meinst du, daß die Hose noch ginge?« fragte sie verzagt, »sie scheint mir schon reichlich schäbig. – Mimi, Kind, vielleicht wäre es schließlich das beste gewesen, der Junge wäre drüben geblieben ... Er bringt uns nur Unfrieden ins Haus.«

Mimi lachte ein kleines, helles, aber etwas unnatürliches Lachen. »Tante, du wirst doch nicht so feige sein, du wirst doch Mut haben?«

»Ach, Mut,« murmelte Marie Kosegarten zerstreut, »das sagt sich so ... Kind, Kind, ich kann mich mit dem lieben Gott einmal wieder gar nicht einigen! Nun erhört er mein Gebet, schickt mir den Jungen und schickt ihn mir so ... daß man die alten Sachen, die man im Dorfe verschenken wollte, für ihn heraussucht ...«

Mimi richtete ihre schlanke Gestalt in dem schwarzen Reitkleid noch höher auf und machte ein verächtliches Gesicht.

»Du hast zu viel Angst vor August, Tantchen!« sagte sie mit einer liebenswürdigen Lehrhaftigkeit im Tone. »Glaube mir, der ist nicht halb so unnahbar, wie er aussieht, den kann man um den Finger wickeln, wenn man nur will!«

Trotz ihrer Verwirrung blickte Frau von Kosegarten das junge Mädchen mütterlich beobachtend an.

»Ja, Mimichen, wenn du meinst, daß du ihn um den Finger wickeln kannst,« sagte sie bedächtig, »warum versuchst du es denn nicht?«

Mimi lachte verlegen. »Du, Tante,« sagte sie ablenkend, »wir wollen wirklich sehen; was von diesen Geschichten noch für Fritz zu brauchen ist. – Darf ich dir die Strümpfe hier stopfen?« fragte sie schmeichelnd mit einem so innigen, weichen und lieben Ton, daß Frau von Kosegarten nicht anders konnte, als ihr einen schnellen Kuß auf die Wange zu drücken. Hilde kam herein, zwei Vasen mit großen Blumensträußen im Arm balancierend, und hatte für hundert wirtschaftliche Anordnungen in aller Eile die Genehmigung der Tante einzuholen. Etwas erstaunt beobachtete sie Mimi, die sich nach einer flüchtigen Begrüßung auf den Tisch ans Fenster gesetzt hatte und aufs eifrigste an einer grauen Männersocke stopfte. Ohne die wirtschaftliche Konferenz der beiden andern Frauen zu beachten, begann sie verträumt vor sich hinzusingen:

> »Und war ein König ich, und wär die Erde mein,
> Du wärst in meiner Krone doch der schönste Stein!«

Marie zog Hilde zu sich heran und flüsterte ihr mit einem kleinen verschmitzten Lächeln ins Ohr: »Sieh mal, ich war wirklich ganz böse mit dem lieben Gott, und nun – ja, Hilde, sollte der liebe Gott am Ende doch wissen, was er tut?«

Hilde ordnete freundlich die weißen Spitzen auf dem grauen Scheitel von Frau von Kosegarten und antwortete dabei munter: »Tantchen, es scheint mir beinahe, als habe er seine Absichten. Aber was soll denn das alte Zeug hier?«

»Ja, ja,« rief Frau von Kosegarten, »es ist ja ganz dämlich von mir, die Sachen hierherzuschleppen, ich bin überhaupt vollständig von Sinnen, sage gewiß lauter Dummheiten zur Prinzessin, und dann sind mein Mann und Trinette böse mit mir. Mimi, Kind, du bleibst doch auch zum Frühstück?«

Mimi sprang vom Tisch herunter und kam mit der fertigen Arbeit angelaufen. »Tantchen, ich bin ja nicht in Toilette! Ich bliebe sonst heute so gern bei euch. Der Reitknecht könnte nach Niedernrode Botschaft bringen, damit sie mich nicht zu Mittag erwarten. Wenn mir Hilde irgend etwas Helles borgen könnte?« »Aber natürlich, Kind,« rief Marie herzlich, »es ist mir solch ein Trost, wenn du bei mir bist!«

In diesem Augenblick hörte man einen Wagen auf den Hof fahren, und Zipperjahn stürzte herein. »Gnädige Frau, der herzogliche Landauer! Der Herr und Schottenmaier stehen schon vorn an der Haustür!«

»Ich komme! Ich komme!«

»Aber die Hosen laß hier, Tantchen, sie sind ja doch nicht für die Prinzessin bestimmt!« rief Hilde lachend und entriß Frau Marie das Kleidungsstück, das sie in ihrer Aufregung und Verwirrung auf dem Arme behalten hatte, indem sie zum Empfang des hohen Gastes hinauseilte.

Die Mädchen stopften in aller Eile die umherliegenden Kleider in irgendeine Schublade, ordneten die Blumen auf den Tischen und liefen dann, um nicht mit dem fürstlichen Gaste zusammenzuprallen, durch die hinteren Korridore in Hildens kleines Zimmer. Als Mimi sich ihrer schwarzen Taille entledigt hatte und eben eine von den seidenen Blusen anproben wollte, die Hilde ihr zur Auswahl gereicht hatte, warf sie plötzlich beide Arme um den Hals der Jugendfreundin und küßte sie stürmisch. »Hilde, Hilde, er kommt ja! Er kommt ja!«

»Unsere Jugend bringt er uns nicht zurück,« sagte Hilde leise.

»Mädchen – mein Herz klopft so – bin ich alt – bin ich häßlich geworden?«

Hilde schüttelte den Kopf. »Mimi – kommt es denn auf dich an? Wie kommt er zurück...«

»Glücklos, damit ich ihm Glück schenken kann!«

Ein ganz feiner, spöttischer Zug glitt um Hildens klugen Mund. »Wird er das Glück auch noch von dir wollen?« fragte sie zögernd.

»Hilde, hat er mich nicht in seinem vorletzten Briefe grüßen lassen? Siehst du, dieser kurze Gruß hat so viel in mir geweckt, hat nach allem Schwanken, Bangen und Zagen mich wieder so sicher gemacht!«

Hilde reichte mit ihren schnellen, festen Bewegungen einen hellen Rock aus ihrem Kleiderschrank und bemerkte kühl ablehnend in die freudige Begeisterung hinein, man müsse sich jetzt anziehen, denn sie habe unten noch zu tun.

Während sie sich selbst das Haar ordnete, konnte sie doch nicht umhin, die Bemerkung zu machen: »Ich verstehe es nicht ganz, Mimi, daß du einem Manne so eisern die Treue hältst, der dich doch verlassen hat!«

»Verlassen?« rief Mimi heftig, »sage das häßliche Wort nicht. Von Graf Kessenbrock kann man's sagen, der sich feige zurückzog, als die ganze Meute der Klatschweiber über dich herfiel. Das war erbärmlich, darüber sind wir uns alle einig!«

»Nenne den Namen nicht,« murmelte Hilde, »ich kann ihn nicht hören!«

»Ja, ja, gewiß, verzeih! Aber sieh, Fritz mußte gehen, er mußte sich eine Stellung zu erwerben suchen, in der er vor meinen Vater treten und um mich werben konnte.«

»Nun, deshalb allein ging er doch wohl nicht,« bemerkte Hildes nüchtern.

»Freilich, freilich nicht, er war ja ein wenig leichtsinnig gewesen, das muß ich schon zugeben ... Er war ja auch sehr jung damals ... Sieh, jetzt bin ich Herrin meines eigenen Vermögens und kann dem folgen, was mein Recht und mein Glück ist ...«

»Ich meinte,« sagte Hilde nachdenklich, »oder es kam mir in der letzten Zeit oft so vor, als ob deine Gefühle sich verändert hätten.«

Mimi hielt ihre beiden, ein wenig zu mageren Arme erhoben, um ihr schönes blondes Haar auf dem Kopfe zu einem Knoten zu winden. Indem sie mit etwas unnötiger Energie eine Schildpattnadel hindurchsteckte, sagte sie: »Hilde, wenn man zweimal lieben könnte...«

»Kann man es nicht?« fragte Hilde, »es gibt Beispiele in der Geschichte ... Nun, August ist ja viel zu stolz, wie er uns heute morgen erzählte, jemals um ein reiches Mädchen zu werben.«

Mimi brach in helles Gelächter aus. Hilde sah sie überrascht an und rief: »Er hat also doch ...«

»Ich verrate nichts,« sagte Mimi, und die Rosenröte, die ihr feines, blondes Gesicht übergoß, vollendete den Satz in unzweideutiger Weise.

»Aber, Hilde, das kannst du mir glauben,« sagte sie ernsthaft, »wir Mädchen fühlen es ganz deutlich, ob ein Mann uns um unseres Geldes willen heiraten will, oder ob er uns liebt. Ich halte August viel zu hoch, um auch nur einen Augenblick anzunehmen, das Geld, das ich vielleicht in die Ehe bringe, könnte irgendeine Rolle bei ihm spielen.«

»Du sprichst ja sehr warm für einen Mann, dem du eben einen Korb gegeben hast,« bemerkte Hilde.

»August ist mein Freund,« sagte Mimi ernst.

Hilde half der Freundin die Bluse schließen und zog sie dann hinaus. »Wir müssen uns eilen,« mahnte sie. »Wenn nur dieser schreckliche Prinzessinnenbesuch erst überstanden wäre! Ich sehe für die nächste Zeit keine behagliche Stunde voraus. Daß du für die beiden Brüder so warme und doch so verschiedene Gefühle hegst, wird die Wiedersehensfreude zwischen ihnen auch nicht gerade steigern!«

Mimi starrte Hilde erschrocken an. »Du – ich habe vielleicht eine große Dummheit gemacht? August ist eifersüchtig wie ein Satan; ja – du kennst ihn eben nicht! Euch scheint er immer so gelassen, aber er ist eifersüchtig! Ich werfe mich aufs Pferd und reite hin. Laß nur, ich schürze mir das Kleid und ziehe deinen Regenmantel darüber, das habe ich hundertmal schon getan! Ich muß! Ich kann hier nicht sitzen und essen und trinken, während Fritz kommt und als erste Begrüßung feindliche und böse Worte hört. Also bitte, hindere mich nicht. Alles ist einmal aus den Fugen, und darum mag auch das Ungewöhnliche entschuldigt werden!«

Hilde blickte ihr kopfschüttelnd nach, während sie behende davonlief, um selbst den Reitknecht zu benachrichtigen, daß er ihr Pferd wieder sattle. Hilden, die seit so vielen Jahren nur noch der Vernunft ein Recht über ihr Empfinden eingeräumt hatte, war Mimis verworrener Gefühlszustand einigermaßen verwunderlich und nicht sehr sympathisch.

Fünftes Kapitel

Trotz der behaglichen, weit eher bürgerlichen als feudalen Weise, in der das tägliche Dasein auf Rauschenrode sich abspielte, verstand man es, würdig zu repräsentieren, wenn die Gelegenheit sich bot. Die weißlackierten Flügeltüren waren geöffnet zwischen dem hellen Gartensaal und dem Eßsaal, dessen gewölbter Plafond auf blauem Grunde goldene Sterne zeigte, weil er einmal in frühern Jahrhunderten als Hauskapelle gedient hatte. Das lichte Blau stimmte gut zu dem strengen Weiß der Wände, der Eckschränke, der weißen Serviertische und der hochlehnigen weißen Stühle, die steif und symmetrisch die lange weiße Tafel mit ihrem reichen Blumenschmuck umgaben. Durch die Bogenfenster spielten die Sonnenstrahlen in lebensvollen Lichtern und Farben über Silber und Kristall, das Grün der Kastanien gab warme Töne hinzu, und stolz erhob der getriebene Silberhirsch, das alte Prunkstück der Familie, das Geweih. Schottenmaier mit dem hochgeschlossenen schwarzen Rock stand ernst wie ein Geheimrat zum Empfang der Herrschaften bereit. Zipperjahn blickte rosenrot mit seinembreiten Strohkopf aus der erbsfarbenen Livree. Zu feierlichen Gelegenheiten wurde als Dritter auch der Reitknecht Blaffke zum Servieren befohlen.

Mitten in den Vorbereitungen traf ein Befehl von Mamsell Wärmchen ein, die Herrschaften mit einem Gang durch den Park etwas zu beschäftigen, denn die jungen Gänse müßten noch ein halbes Stündchen prutzeln.

Als Herr von Kosegarten die Prinzessin am Arm die Treppe hinuntergeleitet hatte, machte er sie infolge dieser ihm zugeflüsterten Weisung in dem scherzhaft ehrerbietigen Tone, den er ihr gegenüber anzuschlagen pflegte, auf die neuangelegten Frühjahrsbeete aufmerksam, die sie durchaus besichtigen müsse, wenn sie seine Frau nicht tödlich kränken wolle. Und so begab man sich denn mit dem Gefolge, das nur aus einem Kammerherrn und einer Hofdame bestand, in den Park hinab zu einem Rundgang durch die Kastanienallee bis zum Taxusweg und wieder zurück.

Prinzessin Karoline, eine muntere, sehr starke Dame in einer jugendlich farbigen Toilette, ließ ihre langstielige Schildpattlorgnette kaum von den Augen und bewunderte, was man ihr zeigte, in einer fröhlichen, beinahe kindlich lebendigen Weise. Sie fand alles »nett, sehr nett« und plauderte und lachte mit ihrem alten Freunde Kosegarten ebenso vergnüglich über die Not der Landwirtschaft, über die Ansprüche der Sozialdemokratie wie über ihren beginnenden Rheumatismus und ihren neuen Frühjahrshut, den sie soeben von Paquin aus Paris erhalten hatte und den er als alter Kavalier geziemend bewunderte.

Abwechselnd mit der Schildpattlorgnette benutzte Prinzeß Karoline einen großen Fächer, auf dem ein spanischer Stierkampf abgebildet war, denn sie litt an Blutwallungen und war aus diesem Grunde stark gepudert. Der Fächer war das Geschenk einer spanischen Infantin, die Prinzessin Karoline in der glänzendsten Zeit ihres Lebens während eines Winteraufenthaltes am Wiener Hofe kennengelernt hatte. Die Erinnerungen vom Wiener Hofe bestritten noch jetzt, nach fast fünfundzwanzig Jahren, den Hauptinhalt ihrer Gespräche und bildeten wahrscheinlich noch mehr den Inhalt ihrer Gedanken. Sie war ein leichtlebiges, warmherziges Menschenkind und konnte diese Eigenschaften in der öden Eintönigkeit ihres prinzlichen Altjungferntums, das sich in unveränderlichem Kreislauf zwischen den drei Residenzen Langenrode, Hirschburg und Nassenstein bewegte, noch immer nicht ganz überwinden. Ja, es war ein offenes Geheimnis, daß Prinzessin Karoline durch ihre unzeitgemäßen Natürlichkeiten bisweilen zu einer Familienkalamität des herzoglichen Hauses wurde.

Um ihre vor fünfundzwanzig Jahren noch weniger gebändigte Lebenslust und Verschwendungssucht in Schranken zu halten, hatte man ihr damals zu jener Brautfahrt an den Wiener Hof als Begleiterin und fürsorgende Ratgeberin die ernste, sittenstrenge, zur Sparsamkeit veranlagte Trinette von Kosegarten beigegeben. Trinette entzog ihrer Schutzbefohlenen sofort den aufregenden chinesischen Tee und tränkte sie mit dem lindernden Gebräu der heimischen Erdbeerpflanze. Wieviel sie damit in der Milderung des allzu ungestümen fürstlichen Blutes geleistet hatte, blieb ungewiß. Prinzessin Karoline amüsierte sich prachtvoll in Wien. Der Ruf ihrer märchenhaften Toiletten drang durch alle Landsitze von Langenrode-Hirschburg-Nassenstein und wurde in den Harztälern von den frommen Edelfrauen mißbilligend besprochen. Aber aus der Heirat mit dem österreichischen Erzherzog wurde leider nichts. Es ging ein Gerücht, sein an Jahren bedeutend jüngerer Adjutant sei in irgendeiner Weise hindernd dazwischengetreten. Wien war weit von Langenrode, und so ließ sich denn dieses Gerücht natürlich nicht kontrollieren. Am Ende schickte man Prinzessin Karoline, mit kostbaren Geschenken reich bedacht, an das heimatliche Höfchen zurück. Sie feierte dort mit den glanzvollen Toiletten, dem Wiener Geplausch, das sie sich angeeignet hatte, und mit den kleinen Künsten einer muntern Koketterie noch einen längern Nachsommer. Sie war damals, sagen wir es gerade heraus, der Schrecken aller Mütter heranwachsender Söhne und mancher eifersüchtigen Ehefrau. Ja, es kam eine Zeit, in der Trinette es mit ihrem christlichen Sinne nicht mehr vereinigen konnte, einem so unbefangenen Weltkind zu dienen, und sich nach manchem innerlichen Kampfe definitiv in das Stift Altheiligenberge zurückzog.

Den eigentlichen, letzten Grund ihrer Trennung von der Prinzessin erfuhr niemand außer ihrem Bruder. Prinzessin Karoline hatte sie in einer schwachen Stunde dazu gebracht, ihr bare sechstausend Mark zu leihen, und nachdem die letzte Hoffnung geschwunden war, diese Summe durch den Herzog wiederzuerhalten, zog Trinette es vor, einer zweiten solchen Schröpfung ein für allemal zu entgehen.

Nach erfolgtem Rundgang durch den Park wurde Hilde im Gartensaal der Prinzessin vorgestellt. Die Hoheit erinnerte sich ihrer sehr wohl. Und Hilde hatte sich gar nicht verändert. Siebenundzwanzig Jahre war sie? Das richtige Alter für eine Hofdame. Das verjüngte Ebenbild ihrer Freundin Trinette.

Dieser Vergleich war freilich nicht besonders entzückend für Hildens Eitelkeit, obwohl die Sage in der Familie ging, Trinette wäre in ihrer Jugend einmal hübsch gewesen. Aber Hilde nahm solche Dinge humoristisch; sie wußte auch, daß man die Worte der hohen Herrschaften nicht eben auf die Goldwage legen dürfe.

Die verlängerte und mit Ei abgequirlte Hühnerbouillon reichte für alle Teilnehmer des ländlichen Frühstücks. Die jungen Gänse waren goldbraun und knusperig und machten Mamsell Wärmchens Kunst alle Ehre. Auch frische Gurken und junge Kartoffeln gab es aus den Treibkästen. Prinzessin Karoline begeisterte sich an der Nachricht, daß Hilde es war, die nicht nur das Menü zusammengestellt, sondern auch die Gänse gezüchtet und die Oberleitung über die Treibkästen besorgt habe. Es war die Rede davon, daß man der Prinzessin ein kleines Schlößchen mit einem schönen Garten und Gewächshäusern, das die fürstliche Familie in einer der zierlichen Harzstädte besaß, zum ständigen Aufenthalt einräumen wolle. Prinzessin Karoline betrachtete dies ungefähr wie eine Verbannung nach Sibirien. Plötzlich aber begann sie die Sache »nett, sehr nett« zu finden und berauschte sich wie ein kleines Mädchen, das ein neues Fräulein bekommt, an den gärtnerischen und landwirtschaftlichen Taten, die sie dort mit ihrer Hofdame zusammen ausführen wollte. Ja, Hühner, Gänse und Fasanen wollte sie ziehen. Sie schlug auch Kiebitze vor wegen der guten Kiebitzeier, wurde aber unter diskretem Gelächter der

Tafelrunde belehrt, daß diese Vögel nur in der Freiheit der Moore und Heiden Norddeutschlands zu gedeihen vermöchten. Prinzessin Karoline ließ sich solche kleinen Zurechtweisungen gutmütig gefallen. Sie pflegte zu sagen, daß sie kein Gewicht darauf lege, für eine von den modernen gelehrten Frauen gehalten zu werden, die in der Naturwissenschaft wie in der Geographie Bescheid wissen müßten. Sie brachte so viel Frische und Lustigkeit in die Unterhaltung, daß sie darüber nicht bemerkte, wie zerstreut ihre Gastgeber daran teilnahmen. Sie fragte nach Augusts Verbleib und hörte, daß er sich in dringenden Geschäften habe entfernen müssen. Sie fragte auch nach Nachrichten von dem fernen Amerikaner, worauf plötzlich ein unbehagliches, ja erschreckendes Schweigen am Tisch entstand.

Prinzessin Karoline blickte durch ihre Schildpattlorgnette rings um sich her und fragte: »Ich habe doch wohl nicht eine Dummheit gesagt?« Und dann beugte sie sich zu Trinette vor, die ihr gegenübersaß, und flüsterte hörbar: »Der junge Mann ist doch nicht etwa krank oder gar gestorben?« »Nein, Gott sei Dank, nein,« antwortete ihr Kosegarten mit einem etwas tiefern Atemzug, »aber Freude macht er uns auch nicht. Man muß die Dinge nehmen, wie sie kommen, ja, das Leben ist einmal putzwunderlich. Es wird wohl Zeit, daß man sich zu seinen Vätern in die Gruft legt!«

Die Prinzessin stieß einen kleinen Entsetzensschrei aus. »Um Gottes willen, cher ami!« rief sie, und die Schildpattlorgnette fiel klirrend in ihren Schoß, »reden Sie doch nicht solche abscheulichen Dinge! Sterben – krank sein – alt werden ... gar nicht nett, gar nicht nett! Denke nicht gern daran! ... Jugend hat keine Tugend. Der Herr Sohn wird ein wenig leichtsinnig gewesen sein – eh bien – die Leichtsinnigsten sind die Liebenswertesten. Erinnere mich seiner als Page: scharmanter Junge!«

»Wir dürfen wohl unsern Maßstab nicht an jene Existenzen dort drüben legen,« mischte sich der blonde Kammerherr, der die Prinzessin begleitet hatte, ins Gespräch, »es verrücken sich ja jetzt auch bei uns die Anschauungen über die Gebiete, die dem Edelmann zur Verwendung seiner Kraft zustehen, um ein bedeutendes.«

»Ja, ja,« gab Kosegarten zu und faßte seinen grauen Bart mit der knochigen Hand, als müßte er dort irgendwie eine Stütze suchen, »das meint August auch. Ich weiß nicht, was man dazu sagen soll. Mögen die Jungen ihr Heil versuchen ... Mit der Landwirtschaft ist nichts mehr anzufangen – das haben wir Alten ja schon. Schockschwerenot – zum Deibel nicht noch einmal – genugsam erfahren!«

»Hoheit äußerten sich neulich interessiert,« begann der Kammerherr vorsichtig, »zu erfahren, welche Art von industriellem Unternehmen Ihr Sohn August nun auf Rauschenrode eröffnen wird?«

»Ach ja, kolossal interessant,« rief die Prinzessin, »Industrie ist Trumpf, meint mein Bruder, der Herzog!« Kosegarten ließ seine blauen, bekümmerten Augen auf ihr weilen. »Zu einem industriellen Unternehmen gehört bekanntlich Geld,« bemerkte er, »und wo August das hernehmen will, ist mir schleierhaft. Aber das ist ja seine Sache, ich mische mich da nicht ein!«

»Geld ...« seufzte die Prinzessin, »das ist ein so schreckliches Wort Vraiment. lieber Kosegarten, ich hasse dieses Wort! Es stört und hindert mich immerfort zu tun, was ich möchte.«

Kosegarten lachte und schlug mit der Hand auf den Tisch. »Ein verfluchtes Wort! Wissen Hoheit, daß es heutzutage geradezu unanständig, pöbelhaft ist, Geld zu haben!«

Und nun lachten sie beide, und die Prinzessin rief: »Superbe! Unanständig ist es, Geld zu haben! Das sage ich auch! – Mein lieber Kosegarten, wir verstehen uns noch ebensogut wie vor zwanzig Jahren, als wir Walzer miteinander tanzten!«

»Man ist alt, steif und faul geworden,« sagte Kosegarten resigniert. »Aber Hoheit haben sich gehalten ... diese Augen –«

»Na ja, die Augen ...« fiel die Prinzessin ein, »aber was tue ich mit den Augen allein! Eine arme, alte, fette, sitzengebliebene Prinzessin! Gar nicht nett, lieber Kosegarten, gar nicht nett! Reden wir von etwas anderm, reden wir von der Jugend! Womit hat denn Ihr Sohn in Amerika eigentlich sein Glück gemacht?«

Die Frage kam so überraschend, daß sie Kosegarten förmlich verblüffte und er im Augenblick keine Antwort wußte. Er zog die Brauen hoch, blickte die Prinzessin verwirrt an und brummte unsicher: »Glück gemacht? Na, das ist nu solche Sache!«

Trinette aber vergaß in diesem Augenblick ihre höfische Gewandtheit nicht. Sie beugte sich vor und sagte etwas obenhin, wie man von selbstverständlichen Dingen spricht: »Mein Neffe hat leider große Verluste in seinem Geschäft erleiden müssen, politische Konstellationen, die dort drüben ja immer in den Handel mit hineinspielen. Aber, Gott sei Dank, er ist momentan ganz wieder auf der Höhe ... Wir haben die Aussicht, ihn in kurzer Zeit hier zu einem flüchtigen Besuch bei seinen Eltern zu erwarten.«

»Nein, was Sie sagen!« rief die Prinzessin begeistert und schlug die kleinen, weißen Händchen wie ein Kind zusammen. »Meine liebe Frau von Kosegarten, warum haben Sie mir das nicht längst erzählt? – Das ist ja eine große Freude für Sie!«

Frau von Kosegarten bekam nasse Augen. Ein wehmütiges Lächeln, das nicht gerade nach Freude aussah, glitt über ihr gutes Gesicht.

»Ich verstehe,« sagte die Prinzessin weich und herzlich. »Erinnerungen ... Müssen überwunden werden! Vergessen sich vor der Gegenwart! Was führt ihn denn nach der Heimat?«

Beide Eltern wagten nicht zu antworten und sahen erwartungsvoll auf Tante Trinette mit ihrer Weltgewandtheit. Sie erhob den Kopf, reckte den Hals lang und dünn aus dem vergilbten Pointkragen, und indem sie mit einem umfassenden Blick alle Anwesenden gleichsam unter ihre eigene Anschauung der Dinge beugte, sagte sie langsam: »Mein Neffe hat neue Geschäftsverbindungen in Deutschland angeknüpft. Er hat Kohlenlieferungen für den »Norddeutschen Lloyd« übernommen. Hoheit entsinnen sich ... der »Norddeutsche Lloyd« – sehr protegiert von Majestät!«

»Kohlenlieferungen ...« wiederholte die Prinzessin, durch das feierliche Wesen Trinettens beinahe eingeschüchtert, »wie interessant, wie zeitgemäß! Das ist ja nett, sehr nett!« Sie überhörte den tiefen Seufzer, der Frau Marie entfuhr, und plauderte vergnüglich weiter: »Meine liebe Frau von Kosegarten, wenn Ihr Sohn hier ist, wundern Sie sich nicht, wenn ich Sie plötzlich überfalle und um eine Tasse Tee bitte. Es muß ja höchst spannend sein, ihn erzählen zu hören! Als ich in Wien war, schilderte mir ein Afrikareisender, wie er unter den Tatzen eines Löwen gelegen habe. Vielleicht war es nicht wahr, aber immerhin, der Mann verstand Konversation zu machen.«

Man erhob sich und beschloß, den Kaffee um des so hellen warmen Tages willen auf der Rampe vor dem Gartensaal einzunehmen.

Prinzessin Karoline hatte kein Bedürfnis, länger zu sitzen. Sie bewegte sich, ihre kleine Mokkatasse in der Hand, unaufhörlich zwischen der Rampe und dem Gartensaal hin und her, bewunderte die Sammlung seltener Porzellane in den Eckschränken und sprach freundliche Worte zu Hilde.

»Ich glaube, wir haben manches Ähnliche miteinander,« sagte sie und blickte ihr lächelnd in die Augen, »ich hoffe, wir werden uns gut verstehen. Ich liebe die Steifheit durchaus nicht, mein liebes Kind. Geben Sie sich ganz natürlich – menschlich – schenken Sie mir Ihr Vertrauen!«

Hilde verneigte sich errötend. Was sollte sie von dieser kleinen Anrede halten? Sie hatte Tante Trinette energisch gesagt, sie werde nur unter der Bedingung die Hofdamenstellung annehmen, daß man der Prinzessin jenes Vorkommnis in Langenrode nicht verschweige. War dies die Antwort darauf?

Die Prinzessin nahm ihre Freundin Trinette unter den Arm. »Meine Beste, ich habe noch nichts von dir gehabt, laß uns ein wenig gemütlich plaudern!«

Auf diesen Wink zog sich das Kosegartensche Ehepaar mit den Begleitern der Prinzessin und Hilde aus Hörweite der Jugendfreundinnen zurück. Kosegarten bemühte sich, das ältliche Hoffräulein und den blonden Kammerherrn durch lange, von manchem Kernwort gewürzte Jagdgeschichten zu unterhalten. Marie wollte von Hilde hören, warum Mimi nicht geblieben sei und was dieser eilige Aufbruch zu bedeuten habe. Hilde war spärlich und zurückhaltend in ihren Mitteilungen über die zwischen ihr und Mimi stattgefundenen Gespräche. Beunruhigt blickte sie zuweilen zu den Damen hinüber, die mit gedämpften Stimmen ein augenscheinlich nicht gleichgültiges Thema verhandelten. Sie fühlte, daß sie selbst dieses Thema bildete.

Die Prinzessin äußerte sich liebenswürdig über das junge Mädchen.

»Aber da ist ein Punkt, meine Liebe, den ich nicht gern berühre, und den ich trotzdem erwähnen muß ...« Trinette senkte die Lider über ihre blassen und doch scharfen Augen.

»Hoheit?« fragte sie abwartend.

»Ja, nun, ich sprach neulich gegen einige Herren die Absicht aus, mir deine Nichte zu attachieren. Die Herren lächelten, Trinette. Es ist nicht gut, wenn Herren bei dem Namen eines jungen Mädchens zu lächeln beginnen ...«

»Ich bin ganz der Meinung von Hoheit,« pflichtete ihr Trinette bei, »aber haben Hoheit noch nie die Klatschsucht an Fürstenhöfen – ich will ja nicht sagen kennengelernt – aber doch beobachtet? Bis zu Hoheits reiner Höhe würde ja dieser trübe Schlamm nie zu dringen wagen ...«

Die Prinzessin kniff mit einer gassenjungenartigen Bewegung ihr linkes Auge zu und sagte leichthin: »Der trübe Schlamm wagt manches, was man ihm nicht zugetraut hätte ... übrigens habe ich mich erkundigt ... man kann deiner Nichte nichts Tatsächliches nachsagen.«

Trinette hob die Lider wieder und beugte sich so zärtlich, wie ihre steife Gestalt es zuließ, zur Hoheit hinüber. »Wäre ich nicht von der Herzensreinheit meiner Nichte überzeugt,« sagte sie eindringlich, »wie würde ich sie für den verantwortlichen Posten einer Hofdame bei meiner geliebten Hoheit vorgeschlagen haben? Der Neid in Langenrode über die Güte, die die hohen Herrschaften unserer Familie stets erwiesen haben, die Eifersucht gewisser Damen ... dadurch ist das ganze Gerede verursacht. Ich will zugeben, daß Hilde unvorsichtig war; sie hat sich von einem Manne den Hof machen lassen, der wie Graf Kessenbrock in dem Ruf eines Lebemannes stand. Ich bin der Ansicht, das hätte nicht sein sollen.«

Die Prinzessin schüttelte den Kopf und lachte. »Noch immer so streng, meine Gute?«

»Ich bin nicht streng in diesem Falle,« verteidigte sich Trinette, »ich entschuldige Hilde mit ihrer Jugend, mit ihrer Unbeschütztheit; ich war damals unglücklicherweise in Altheiligenberge. Meine Schwägerin, halb besinnungslos durch den Schmerz des Abschieds von ihrem Sohn, kümmerte sich wenig oder gar nicht um das junge Mädchen. Es war Hildens Unschuld, die sie unvorsichtig sein ließ.«

In das rote, überpuderte Gesicht der Prinzessin schlich sich ein weicher, gerührter Ausdruck.

»Das war hübsch ausgedrückt, Trinette,« sagte sie leise mit einer wunderlichen Bewegtheit in der Stimme. Gleich darauf aber meinte sie kühler und ein wenig ironisch: »Es versteht sich von selbst, daß die Liebeleien der jungen Mädchen von Stand immer unschuldig sind. Warum sollte deine Nichte allein eine Ausnahme gemacht haben?«

»Ich kenne meine Nichte,« versicherte Trinette, »so gut, wie ich meine teure Hoheit zu kennen mich unterfange.«

Da brach die Hoheit in ein unmotiviertes, helles Gelächter aus.

»Du kennst mich, Trmette? Sehr gut! Sehr gut! Du kennst mich wirklich durch und durch? ... Nun, lassen wir das! – Es ist nur eine Fatalität zu bedenken: deine Nichte war damals im Haus des Oberforstmeisters von Leuchtenberg zu Besuch. Soviel ich weiß, schickte Frau von Leuchtenberg die junge Kosegarten mit Protest nach Hause zurück, weil die Kammerjungfer oder der Bursche, oder – que sais je – weil irgend jemand von den Leuten das Fräulein einmal im Stall bei den Pferden des Grafen getroffen haben soll. *Mon Dieu*, bei den Pferden...«

Die Prinzessin kicherte. Auch Trinette lachte ärgerlich.

»Graf Kessenbrock hatte ja damals seinen Rennstall längst aufgegeben. Dies alles stimmt nicht im mindesten. Es war die Zeit, wo der Graf bereits unter Kuratel gestellt wurde,« beteuerte sie lebhaft.

Die Prinzessin legte ihre beiden Hände zusammen, senkte den Kopf auf die Brust und blickte ihre alte Hofdame von unten herauf lustig spöttisch an. Sie sah beinahe klug aus in diesem Augenblick, die Prinzessin Karoline.

» *Tres bien*, halten wir das fest! Der Rennstall des Grafen Kessenbrock war bereits aufgelöst. – Aber die Tatsache bleibt bestehen: Frau von Leuchtenberg hat das junge Mädchen ihren Verwandten zurückgeschickt, und Frau von Leuchtenberg ist seit kurzem Oberhofmeisterin bei meiner jungen Schwägerin. Das ist sehr, sehr schade!«

»Hoheit sind doch wohl in der Lage, sich Ihre Hofdame nach eigenem Willen aussuchen zu dürfen,« bemerkte Trinette scharf und überredend.

»Ach,« klagte die Prinzessin, »ich wäre wohl in der Lage, aber man redet mir doch sehr viel dringender zu, die Gräfin Audorf zu engagieren ...«

»Eine entsetzliche, verfettete Person die Audorf... Unmöglich!« rief Trinette empört. »Hoheit brauchen Jugend, Frische, Munterkeit in Ihrer Umgebung!«

»Man gönnt es mir nicht, Trinette, man gönnt es mir nicht! O, meine Trinette, jene Wiener Tage! – Ich muß mich gegen die Dame mit meinem Bruder, dem Herzog, verbünden! Er mag die Fetten auch nicht. Und dann wünscht er den Kosegartens auf diese Weise gefällig zu sein.«

»Und in anderer Weise ...?« warf Trinette lauernd ein.

»Ist leider wenig Neigung vorhanden, meine Beste!«

»O,« rief Trinette, und ihr lederfarbenes Gesicht brachte es fertig, vor Erregung zu erröten, »das dürfen Hoheit mir nicht sagen! Soll dieses Gut, das sechshundert Jahre in der Familie war, unter den Hammer kommen? Soll eine alte Familie, die ihrem Fürstenhause so treu ergeben ist, außer Landes gehen?«

Die Prinzessin wehte sich mit dem Fächer, auf dem ein spanisches Stiergefecht abgebildet war, Kühlung zu.

»Der Eßsaal in Nassenstein ist neu hergerichtet, Weiß mit Gold. Nett, sehr nett! Tiefe Ebbe in der herzoglichen Kasse. Und meine Schwägerin hat neuerdings die Anschauung, es hindere den Verkehr mit adligen Familien des Landes, wenn sie ihnen Geld borge; sie könne dann nicht mehr mit ihnen an dem gleichen Tisch essen. Ich muß gestehen, diese moderne Sensibilität ist mir fremd. Ich könnte ruhig weiter mit meiner Schwägerin am selben Tisch essen, wenn sie mir aus meinen pekuniären Verlegenheiten geholfen hätte. Das sind übertriebene Anschauungen – gar nicht nett, gar nicht nett!«

Die Prinzessin erhob sich aus dem niedrigen Lehnstuhl, um sich wieder ihren Gastgebern zuzuwenden. Trotz ihrer natürlichen Güte verstand sie es, in fürstlicher Weise ein Gespräch, das ihr unbequem wurde, zur rechten Zeit abzuschneiden.

In diesem Augenblick geschah etwas ganz Unerwartetes.

Durch das geöffnete schmiedeeiserne Tor brauste fauchend und stampfend ein rotlackiertes Automobil, lenkte in elegantem Bogen um den Kiesplatz und hielt vor der Rampe.

»Mon Dieu, lieber Kosegarten,« rief die Prinzessin freudig erregt, was bekommen Sie für mondänen Besuch!«

»Das kann nur ein Käufer für Rauschenrode sein!« entfuhr es Frau Marie, die sich bisher fast unhöflich still verhalten hatte.

Eine gewisse Spannung ergriff die ganze Gesellschaft.

Kosegarten näherte sich der Freitreppe, die durch wenige Stufen die Verbindung zwischen ihm und diesem rätselhaftenBesuch darstellte. In dem Automobil erhob sich ein Herr, den eine Schutzbrille, Lederkappe und Gummimantel gänzlich verhüllten. Seine und des Chauffeurs Kleider und überhaupt die ganze Maschine waren von so dicken Staublagen bedeckt, daß man sah, die Fahrt mußte weit gewesen sein. Der Herr öffnete mit schnellem Griffe die Tür, sprang im Augenblick, als das Automobil hielt, mit geschicktem Satz hinaus, eilte die wenigen Stufen hinan, legte Kosegarten beide Hände auf die Schultern und sagte mit einer Stimme, die allen plötzlich erschütternd bekannt war: »Papa, ich darf doch wiederkommen?«

Obwohl Kosegarten darauf vorbereitet war, seinen Sohn am heutigen Tage noch wiederzusehen, überwältigte ihn doch dessen plötzliches Erscheinen in dieser unvorhergesehenen Weise so sehr, daß er nur verwirrt stammelte: »Junge, Junge, was soll man denn dazu sagen?«

Marie stieß einen Ton zwischen Lachen und Schluchzen aus, wollte vorstürzen, taumelte mit ausgestreckten Händen vor Freude schwindelnd hin und her und wurde von Fritzens kräftigen Armen aufgefangen. Er hielt sie lange fest umschlungen, und sie hörte mit geschlossenen Augen in halber Ohnmacht an ihrem Ohr die leisen, zärtlichen Worte, nach denen sie sich so viele Jahre gesehnt hatte.

Prinzessin Karoline aber saß in ihrem Lehnstuhl, die langstielige Lorgnette vor den Augen wie in einem Theater, und rief begeistert: »Familienglück, nein, wie interessant! Nein, wie ist das nett – sehr nett!« Es fehlte nicht viel, sie hätte in die Hände geklatscht und applaudiert.

Schottenmaier kam mit einer Eile, zu der er sich sonst selten aufschwang, aus dem Speisesaal herbeigestürzt. Fritz rief ihm entgegen: »Hallo, alter Kunde, kennst du mich noch?! Nimm mir einmal das Ungetüm von Mantel ab!«

Auf diese Weise löste sich glücklich die beklommene Ergriffenheit des Augenblicks.

Fritz, der nun, seiner bergenden Hüllen entledigt, vor den Eltern stand, war eine Erscheinung, die so wenig Tragisches oder Sentimentales an sich trug, daß sie mit einem Schlage die Stimmung, mit der die Familie seinem Kommen entgegengesehen hatte, völlig umwandelte. Dieser schlanke, sehnige Mann mit den etwas tiefliegenden Augen und dem schmalen, gebräunten, energischen Gesicht, dem der kurz über den Lippen verschnittene Bart und ein gewisser Zug, der im Augenblick schwer zu erklären gewesen wäre, etwas entschieden Amerikanisches verliehen, machte keineswegs den Eindruck eines heruntergekommenen oder bedauernswürdigen Individuums. Der hellgraue Anzug brachte die Vorzüge seiner gut gewachsenen, magern Figur zu voller Geltung. In der aparten Krawatte, den bunten Strümpfen und den eleganten, exotisch geformten Halbschuhen brachte er sogar ein wenig von dem muntern Geckentum, das er einst mit hinübergenommen hatte, unverdorben über den Ozean zurück. Seiner Mutter Auge hing mit liebevollster Bewunderung an ihm, und während sie immer wieder seinen Arm, seine Schulter streichelte, sanken von ihrem Herzen unendliche Lasten von Sorge und Gram wie linde tauender Schnee in sich selbst zusammen.

Dem alten Herrn wandelte sich die Bewegung zu einer Art komischen Zornes über die Aufregung und Verzweiflung dieses ganzen Tages.

»Nun sag mal, Kerl,« schrie er den Sohn mit seiner wütendsten Stimme an, »was für eine Hundekomödie spielst du uns eigentlich vor? Mutter weint sich die Augen rot, sieht dich verlumpt und verhungert im Straßengraben liegen, dabei flitzest du in dem Aufzuge eines kleinen Millionärs durchs Land! Schockschwerenot, das ist doch toll! Das braucht man sich doch von seinen Kindern nicht gefallen zu lassen!« Dabei brach er in ein lautes, befriedigtes Lachen aus und mußte sein Taschentuch hervorziehen, um sich die Augen zu trocknen.

Inzwischen hatten sich die Begleiter der Prinzessin mit diskretem Geflüster ihrer Herrin genaht: es sei doch wohl an der Zeit, sich zurückzuziehen und die Familie ihrer Wiedersehensfreude allein zu überlassen.

Die Hoheit aber rebellierte laut und energisch: »Jetzt soll ich fortfahren, wo es hier so reizend ist? Fällt mir nicht ein! So etwas hab ich ja noch nie erlebt! Das ist ja viel amüsanter als Ballett und Oper. Nein, liebe Frau von Kosegarten, nicht wahr. Sie schicken mich nicht fort? Ich will Sie auch gar nicht stören ... Oder störe ich Sie?« wendete sie sich zu dem jungen Manne.

»Mich? –« rief Fritz, »– o, mich stört so leicht niemand, wenn ich mich nicht stören lassen will. Betrachten Sie nur ruhig dieses fremdländische Gewächs noch ein wenig, wenn es Ihnen Freude macht.«

Die Prinzessin lachte plötzlich laut auf. Sie hatte gehört, daß Fritz den Vater fragte: »Wer ist denn die fidele alte Dame?«

Fräulein Trinette erhob sich entsetzt, eilte auf ihn zu und hauchte mahnend: »Um Gottes willen – es ist ja die Prinzessin Karoline!«

»By Jove, Tante Trinette und ihre Hoheit!« rief der Amerikaner fröhlich, »Kinder, habt ihr die ganze Zeit hier beieinander gesessen? – Tante, du hast dich konserviert! Wie in Spiritus gesetzt! Na, nicht böse sein, ich habe die Salonmanieren ein bißchen vergessen. Hoheit müssen schon entschuldigen!«

»Ach – entschuldigen!« rief Prinzessin Karoline mit jugendlich strahlenden Augen und reichte ihm beide Hände, »ich bin ja begeistert, einfach begeistert! Und Sie waren auf den Goldfeldern, auf den Goldfeldern! Wenn man nur daran denkt!«–

»Kupfer, Hoheit, es war nur Kupfer –«

»Stören Sie mir doch meine Illusionen nicht! Sie müssen mir alles genau erzählen, alles, hören Sie? Auch was man Damen sonst nicht erzählt, Sie müssen ganz vergessen, daß ich leider eine Prinzessin bin!«

»Aber gewiß, gern,« rief Fritz munter. »Ich bin zu den unglaublichsten Jagdgeschichten bereit und verspreche, daß ich aufschneiden will wie ein alter Seebär. Nur ... jetzt muß ich erst einmal meine Kusine Hilde und die ganze Bande begrüßen, die da hinter der Tür steht und sich nicht hereintraut. Also vorwärts!«

Es drang ein ganzer Strom von neugierig aufgeregten Leuten vom Flur in den Gartensaal. Von Mamsell Wärmchen an bis zu Zipperjahn und dem Hütejungen auf dem Hofe kamen sie angelaufen, den Sohn des Hauses zu begrüßen. Fritz schüttelte nach allen Seiten die Hände, klopfte die Schultern, kannte fast einen jeden wieder und erinnerte sich zum Entzücken der Leute an zahllose kleine Erlebnisse aus der Kinderzeit, die ihn mit diesem und dem besonders verbanden.

Prinzessin Karoline verschlang ihn fast mit den Augen. »Prachtvoller Kerl!« murmelte sie selbstvergessen. »Diese Schenkel!«

»Ein kleiner Fuß ist uns Familieneigentümlichkeit!« fiel ihr Trinette eilig ins Wort.

Die Hofdame du Jour zog wie in plötzlichem Schmerz die Schultern in die Höhe und flüsterte indigniert zu dem Kammerherrn. Es war wirklich hohe Zeit, daß man die Prinzessin entfernte. Sie wurde einmal wieder peinlich. Daß sie es doch niemals lernte, sich zu beherrschen!

Nein, Fritz dankte für Mittagessen, er hatte sich in Magdeburg versorgt, aber eine Tasse Kaffee nahm er gern, und Mamas historischer Napfkuchen, *by Jove*, der schmeckte noch genau wie vor elf Jahren. Er blickte umher und schüttelte den Kopf. »Alles noch an seinem alten Fleck, wie verzaubert ... Ja ... Heimat! Kurios, kurios ...«

Er öffnete die Tür zum Eßsaal, er trat an den Schrank mit dem alten Porzellan und betrachtete die Familienporträts über dem großen Sofa. Und dann kehrte er wieder, die Hände in den Hosentaschen, mit einem Schlüsselbund und losem Gelde klappernd, setzte sich in den Kreis und begann zu erzählen, daß er von dem alten Chausseewärter Mähle, den er nach dem Wege gefragt und der ihn wahrhaftig an der Stimme erkannt hätte, erfahren habe, August sei nach dem Bahnhof, ihn zu empfangen. Da habe er den Alten hinterher geschickt, und nun müsse August ja wohl auch bald hier sein.

»Und wo hast du das Auto gestohlen?« fragte Hilde, den Vetter neugierig und erfreut betrachtend.

Er sah sie nun eigentlich zum erstenmal an. »Hallo, altes Mädel, immer noch streitsüchtig? – Das mit dem Auto ist eine eigene Geschichte ...«

»Erzählen, erzählen!« rief die Prinzessin.

»Schade, Hoheit, es kommt nicht ein kleinwinziger Mord darin vor,« meinte Fritz gemütlich und lehnte sich ein wenig gegen seine Mutter, damit es ihr leichter wurde, seine Hand an ihre Wange zu drücken.

»Na, laß nur, Mutti,« tröstete er, »du siehst ja, verhungert bin ich noch nicht!«

»Leicht ist es nicht,« begann Kosegarten, »sich von deiner Lage einen klaren, richtigen Begriff zu machen.«

»Zugegeben,« rief Fritz, »habe selber keinen! Eine Weile stand es schlimm genug ... Man muß die Dinge nicht tragisch nehmen.«

»Aber dann kam das Glück doch wieder,« rief Prinzessin Karoline, die begierig zuhörte, »als Sie die Kohlenlieferungen für den »Norddeutschen Lloyd« erhielten!«

»Kohlenlieferungen?« fragte Fritz befremdet, während Hilde zu kichern begann und sich das Tuch vors Gesicht hielt, um ihre unzeitige Fröhlichkeit zu unterdrücken. »Von Kohlenlieferungen weiß ich nichts, das muß wohl ein Mißverständnis sein.«

»Nein, nein, Ihre Tante hat es mir noch eben erzählt; seien Sie doch nicht so diskret, der »Norddeutsche Lloyd« ist doch etwas ganz Großartiges, Sie sehen, ich weiß schon Bescheid.«

Seine Mutter beugte sich zu Fritzens Ohr und flüsterte ihm einige Worte zu. Er brach in ein unbezwingliches, lautes, knabenhaftes Gelächter aus, er konnte sich gar nicht fassen vor Heiterkeit. »Tante Trinette, daran erkenne ich dich wieder! Diese Umschreibung ist ja unbezahlbar. Ich wollte, deine Phantasien hätten die Kraft, sich in Wirklichkeit umzusetzen, das wäre eine feine Sache. Aber sehen Sie, Hoheit, die Geschichte verhielt sich ganz anders. Und nun sollen Sie die Wirklichkeit hören. Es kann Ihnen gar nicht schaden, wenn Sie mal etwas davon erfahren, wie es in Wahrheit in der Welt zugeht.«

»Ich weiß nicht, ob das gerade nötig ist,« begann Kosegarten unbehaglich.

Doch Fritz ließ sich nicht stören. Er fragte, ob er rauchen dürfe, zündete sich eine Zigarre an und sagte: »Ihr habt gewiß alle nicht begriffen, warum ich mit einemmal durchaus nach Hause kommen wollte. Kann mir das gut vorstellen! Begreif' es übrigens selbst nicht. Wie das denn so geht. Kriegte plötzlich Heimweh, richtiges, sentimentales, deutsches Heimweh. Habe das oft beobachtet ... hat man Erfolg, fragt man nichts nach solchen Gefühlen, hat man Pech, da kriechen sie an einen heran, aber eklig. Ihr mögt das nun glauben oder nicht. Aber so ist es, und es hat mancher schon durchgemacht. Plötzlich kriegt man so Ideen, man könnte sie einmal nicht mehr alle wiederfinden ... Na, item, ich kam mit fünf Dollar in der Tasche in Neuyork an, und wie ich dir schrieb, Muttchen, ging ich zu so nem Kerl und ließ mich für das nächste abgehende Schiff als Heizer werben. Seit der Zeit, wo ich in Panama bei dem verfluchten Kanal gearbeitet habe, kann ich ja eine ganze Portion Hitze vertragen. Also dachte ich: Zehn Tage, das wird schon auszuhalten sein!«

»Als Heizer!...« wiederholte die Prinzessin halblaut mit angehaltenem Atem.

Der Kammerherr fand, der junge Mann habe doch etwas Unterscheidungsvermögen eingebüßt für das, was man sagt, und für das, was man anstandshalber verschweigt. Die Geschichte konnte peinlich werden. Er räusperte sich ein paarmal, wurde aber von Fritz nicht bemerkt, der unbefangen fortfuhr: »Am andern Morgen sollte ich mich einschiffen, abends trete ich in eine Bar, um einen drink zu nehmen. Na, first rate war er nicht, das könnt ihr euch wohl denken. Ein paar Leute pokerten. Ich dachte: Ob du mit den fünf Dollar aufs Schiff kommst oder ohne sie, ist schließlich gleich! Tat mit – gewann – gewann wie ein Narr ... Kurz, es reichte zu einem Billett erster Klasse und zu diesem Anzug! Ist aber auch mein einziger!«

»O, solch ein Leben! Berauschend, einfach berauschend!« rief die Prinzessin.

Herr und Frau von Kosegarten waren weniger begeistert.

Marie flüsterte zaghaft: »Aber, Fritzchen, Hasardspiel, das war doch nicht recht.«

Fritz ergriff seine Mutter beim Kopf und küßte sie. »Du gutes, goldenes Mamachen! Gefalle ich dir nicht besser so als mit schwarzen Pfoten?!«

Kosegarten stieß unbestimmte Töne aus, er knurrte wie ein verdrießlicher Jagdhund und machte einen gewaltigen Rauch mit seiner Zigarre.

»Und das Auto?« fragte Hilde, um über die fatale Stimmung hinwegzuhelfen. »Du bist uns das Auto noch schuldig, Fritz.«

»Ach so, die Maschine ... Na – da traf ich einen fellow auf Deck, der die Dinger drüben importiert. Man ging im Mondschein spazieren, dabei hab ich mit ihm abgemacht, daß ich die Agentur für die Vereinigten Staaten übernehme. Ganz gute Sache. Na – nu fahr' ich Probe mit der Marke, das ist alles – ganz unromantisch. Kusinchen.«

»Und der Mann hat dir das teure Ding gleich so anvertraut?« fragte Kosegarten bedenklich.

»Aber, Papa,« sagte Fritz lächelnd, »wenn er mir doch die ganze Agentur und den Verkauf anvertraut?«

»Ja, das verstehe ich eben nicht,« murrte der Alte. »Ich hätte es nicht getan!« Er stand auf und ging in wundernden Gedanken auf der Rampe hin und her. »Ich verstehe das alles nicht, Fritz. Nur eins scheint mir ganz sicher: ein Leichtfuß warst du, ein Leichtfuß bist du, ein Leichtfuß wirst du immer bleiben!«

Fritz schob die Zigarre in den linken Mundwinkel und blickte seinen Vater vergnüglich von der Seite an. »Das hoffe ich, Papa, das hoffe ich von Herzen!«

August und Mimi verlebten schwere Wartestunden auf dem kleinen Bahnhof. Jeder Beamte kannte sie dort, jeder beobachtete sie, denn man zerbrach sich schon seit einiger Zeit in der Gegend die Köpfe darüber, ob der junge Kosegarten das Fräulein von Nahlen auf Niedernrode heiraten werde, und was der Grund sein mochte, warum es nicht schon längst geschehen sei.

Der Zwölfuhrzug war vorübergefahren, ohne Fritz zu bringen. Dann kam der alte Mühle mit der Botschaft von dem Erwarteten.

Dies veränderte nun gleich alle Phantasiebilder, die Mimis Hirn geboren hatte, und sie sowohl als August kamen sich, während sie heimritten, lächerlich überflüssig vor. August stellte bei sich selbst mit einer wunderlichen Befriedigung fest, daß Mimi nach der rosenroten Erregung, die sie bisher durchglüht und verschönt hatte, blaß, abgespannt und beinahe kläglich verblüht aussah, wie es diesem zartblonden Mädchen leicht zu gehen pflegte. –

Die Prinzessin war endlich doch bewogen worden, ihren Besuch zu beenden, der Wagen stand vor der Tür, und man war im Aufbruch und Abschiednehmen begriffen, als August und Mimi in den Gartensaal traten. Fritz wollte soeben der Hoheit den Staubmantel umlegen, er drehte der Tür den Rücken. Mimi hörte seine helle, fröhliche Stimme, und es wurde ihr schwarz vor Augen, als sollte sie ohnmächtig werden.

»Da ist Ihr Bruder, Herr von Kosegarten,« rief die Prinzessin.

Fritz wendete sich hastig um, sprang mit einem Satz auf August zu und wollte ihm beide Hände schütteln, hielt aber inne vor der kühlen und zurückhaltenden Gebärde des andern. Die Brüder blickten sich scharf ins Auge, dann hob August schwerfällig die Hand und streckte sie dem Heimgekehrten entgegen.

Fritz schüttelte sie, gutmütig lachend.

»Hallo, alter Kunde, beruhige dein Gemüt,« sagte er gelassen, »ich habe mir einen kurzen Besuch im Sinn.«

»O nein, nein, Herr von Kosegarten, Sie müssen sehr lange bleiben!« Mimi rief es, dunkel errötend und nicht begreifend, warum sie den Jugendgespielen und Frühgeliebten plötzlich mit »Sie« und »Herr von Kosegarten« anredete.

Fritz verbeugte sich leicht. »Verzeihen Sie, meine Gnädige,« sagte er konventionell, »es tauchen so viel neue und alte Gesichter um einen hier auf, daß man schließlich doch verwirrt wird. Lassen Sie mich einen Augenblick nachdenken!«

Die Tränen schossen ihr ins Auge. »Das ist ja auch so natürlich,« stammelte sie bedrückt, und nun erkannte er sie plötzlich und rief herzlich: »Nein, Mimi, aber wo hast du dein rundes Kindergesicht gelassen?! – Du hast dich sehr verändert.«

»Du auch, Fritz,« sagte sie leise, und seine Versicherung, daß sie darum doch schnell wieder gute Freunde werden wollten, glitt über sie hin wie ein kalter, fremder Hauch.

Sechstes Kapitel

»Also den ersten ernsthaften Käufer hat Papa die Treppe hinuntergeworfen?« Fritz blickte nachdenklich auf das glimmende Ende seiner Zigarre, während er mit der Mutter am Teich auf und nieder wandelte. »Das ist freilich eine merkwürdige Art, Geschäfte abzuschließen. Ich wollte, er spräche einmal offen mit mir über seine Angelegenheiten. Es ist dumm, daß auch mit August keine Verständigung möglich scheint. Er zeigt sich mir feindselig, es ist kaum an ihn heranzukommen, und ich weiß doch wahrhaftig nicht, was ich ihm getan haben kann.«

»Ach, Fritz,« sagte seine Mutter und machte ein schelmisches Gesicht, »das könnte ich dir schon verraten.«

»Nun?« fragte Fritz interessiert. »Ich wäre dir dankbar für einen Wink.«

»Eifersucht!« sagte Frau Marie, »simple männliche Eifersucht.«

»Ah,« machte Fritz überrascht, »Hilde?«

»Aber geh doch,« rief seine Mutter, »wo hast du denn deine Augen? Hilde kommt doch nicht in Betracht.«

»Ach so, hm ...,« sagte Fritz, »ich finde sie übrigens sehr hübsch! Reizvoller als in der ersten Jugend! Etwas Verschlossenes, Überlegenes ist in ihrem Gesicht, das unwillkürlich zur Enträtselung lockt ...« »Ja, sie ist ein liebes, gutes Mädchen,« antwortete Frau von Kosegarten verständnislos, »und uns wirklich treu ergeben. Ich wüßte gar nicht, was ich ohne Hilde anfangen sollte. Aber sie ist doch ganz von uns abhängig und so blutarm.«

Fritz lächelte ein wenig. »Nun bin ich auf der richtigen Fährte ... Nein, wenn August mir zutraut, daß ich als Mitgiftjäger hier auftreten will, dann irrt er sich. Auf diesem Gebiet sind meine Anschauungen doch zu sehr amerikanisch beeinflußt worden. Mimi war ja auch gestern bei unserm Besuch in Niedernrode so hoheitsvoll, wenn ich in ihre Nähe kam, daß ihn ihr Wesen allein schon völlig beruhigt haben könnte.«

»Ja, Fritz, ich verstand es auch nicht,« sagte Frau von Kosegarten und schüttelte den Kopf. »Wenn du die Freude von Mimi über deine Ankunft miterlebt hättest ...« »Ach, Mutti,« bemerkte Fritz leichthin, pflückte eine Maiblume und roch daran, »die Mädchen sind wunderliche Geschöpfe, man kennt sich niemals bei ihnen aus. Also, wenn's weiter nichts ist, da will ich schon mit August ins klare kommen. Wir müssen Hand in Hand arbeiten, wenn wir etwas erreichen wollen. Nämlich, Mutti – um hier mit dir zu sitzen, Kuchen zu essen und mich verziehen zu lassen, so famos wie es ist, dazu bin ich denn doch nicht nach Deutschland gekommen.«

»Na, wozu denn, mein Junge?« fragte Marie erstaunt und neugierig.

Fritz lachte vergnügt und blinzelte listig. »Das ist vorläufig mein Geheimnis und darf einem kleinen neugierigen Mutterchen nicht verraten werden. Was meinst du,« fuhr er scherzhaft ablenkend fort, »wenn ich mir einen Vollbart stehen ließe? Ob Papa dann mehr Vertrauen zu der Würde meiner Persönlichkeit bekäme?«

»Fritzchen, die Geschichte von dem Hasardspiel in Neuyork hättest du nicht erzählen sollen!«

»Die hat Papa wohl mißtrauisch gemacht? Na – habe ich mehr als fünf Dollar in der Tasche, weiß ich mir was Besseres als zu pokern. Das Spiel mit dem Leben hat auch seine Reize!«

»Es bleibt doch dabei, daß wir meinen Geburtstag im Rauschengrund feiern?« fragte Fritz seine Mutter, die aber machte ein sorgenvolles Gesicht. Der Weg zum Pavillon im Walde sei steil und beschwerlich für ihre alten Beine. Und Papa scheine ihr verdrießlich – er habe auch greulichen Ärger gehabt. Der fürchterliche Kerl, den er hinausgeworfen habe, sei, um sich zu rächen, mit Papas Hauptgläubiger in Verbindung getreten, und heute habe er ihm mitgeteilt, daß der Gläubiger die bedeutende erste Hypothek auf Rauschenrode an ihn verkauft habe. Fritz, der sehr aufmerksam zugehört hatte, meinte, dies sei nun wohl eine sehr weibliche Auffassung der Sache, denn aus Rache pflegten Kapitalisten selten Hypotheken aufzukaufen. Wie denn der Mann heiße?

»Gott, es ist doch der Sohn von dem Rechnungsführer Debberitz, den Papa entließ und der uns jahrelang schamlos bestohlen hatte.«

»Thete – Thete Debberitz! Mein alter Kamerad?« rief Fritz, ziemlich ungerührt von seiner Mutter Empörung. »Das interessiert mich ja kolossal! Also der Kerl hat Glück gehabt, wie mir scheint, mehr als ich. Nun, nach dem muß ich mich gleich einmal näher erkundigen!«

Fritz begleitete seine Mutter ins Haus zurück und ging dann, gemächlich einen amerikanischen Gassenhauer pfeifend, ins Dorf hinunter, wo die Kinder ihm in hellen Haufen nachliefen und die Alten vor die Tür traten, um ihn vorüberwandeln zu sehen.

Auf die Maibowle und das festliche Abendessen im Waldpavillon wollte Fritz nicht verzichten. Er fing beim Mittagstisch wieder davon an. »Meinen Geburtstag einmal zu feiern wie als Kind, darauf habe ich mich während der ganzen Überfahrt gefreut. Da waren drei alte Kerls, geriebene Hunde, smarte Geschäftsleute, sag ich euch – hatten was vor sich gebracht –, kamen nun auf ihre alten Tage noch einmal nach Deutschland hinüber. Sie redeten ein ganz verfluchtes Yankeedeutsch. Aber wie die ausgepichten Halunken auf ihre Leibgerichte aus der Kinderzeit zu reden kamen, wurden sie ganz gerührt. Es war köstlich anzuhören, wenn sie auf Deck beieinander saßen und Whisky und Soda tranken und alte, vergessene Geschichten von Zuhause hervorholten, und sich stritten, ob Eisbein mit Sauerkraut oder Spätzle mit Semmelbröseln den höchsten Genuß auf dieser Erde bildeten. Und wie die Hamburger Küste in Sicht kam, da tanzten sie einen Cakewalk vor Freude. Wir haben alle über sie gelacht, und dabei war's uns doch auch verteufelt kurios ums Herz.«

Er dachte einen Augenblick nach, während seine Mutter sich die Augen wischte und Hilde ihn freundlich beobachtete.

»Wie bringen wir Mutti die Höhe hinauf? Das ist jetzt die Frage! – Hilde, steht der alte Fahrstuhl von der Urgroßmutter nicht noch auf dem Boden?«

»Gewiß ist der noch da,« antwortete Hilde, »aber gänzlich unbenutzbar.«

»Da bringen wir ihn herunter und machen ihn eben wieder benutzbar, und dann fahre ich Mutti im Triumph den Heuberg hinauf. Was denkst du, ich habe doch einmal ein ganzes halbes Jahr Getreidesäcke geschleppt, da werde ich wohl ein altes Frauchen einen kleinen Harzberg hinaufschieben können. Also morgen um fünf Uhr Rendezvous im Pavillon. August, du reitest nach Niedernrode hinüber, um uns Mimi zu holen. Papa vergißt seine Sorgen und freut sich seines heimgekehrten Sohnes. Wer weiß, ob mich nicht übermorgen schon ein Telegramm wieder nach Neuyork ruft, dann werdet ihr sitzen undwehklagen, daß ihr meine werte Gegenwart nicht besser genossen habt. Zipperjahn, edler Knabe, bei dessen Taufe ich mir den ersten Rausch getrunken habe, was ist jetzt die Uhr?«

Zipperjahn zog mit strahlendem Gesicht seine goldene Uhr. Herr Fritz hatte – Zipperjahn konnte es immer noch nicht fassen – die eigene Uhr mit Kette von der eigenen Weste gelöst und ihm übergeben, als er am Tage der Ankunft ihn an das alte Versprechen zu mahnen wagte. Seitdem fragte jeder im Haus von der gnädigen Frau bis zum Abwaschmädchen Zipperjahn, wo man ihm auch begegnen mochte, wieviel Uhr es sei. Es fand sich, daß es noch nicht eins geschlagen hatte. Man aß für gewöhnlich nach ländlicher Sitte schon um zwölf Uhr zu Mittag.

Fritz begab sich mit seiner Kusine auf den Boden, um nach dem alten Stuhl zu fahnden.

Es war ein ganzes Labyrinth von Gängen, Kammern und weiten Räumen, das sie durchwandern mußten, vollgestopft mit den abgebrauchten Erinnerungen mehrerer Generationen.

»Wie's hier heimatlich riecht,« sagte Fritz, die Luft leicht durch die Nase ziehend, »so diese Mischung von Staub, Mottenpulver, altem Holzwerk und all den verschiedenen Lavendel-, Reseda- und Rosendüften, mit denen die Großmütter und Urgroßmütter hier ihre Brautkleider und die nicht mehr gebrauchte Kinderwäsche einzupacken pflegten. Weißt du, diesen wunderlichen Geruch alter Familienhäuser, den kannst du in ganz Amerika vergebens suchen. Als Junge berauschte er mich geradezu. Tausendmal war's uns verboten, hier oben zu spielen, und immer taten wir's wieder.«

»Es war so geheimnisvoll erregend,« sagte Hilde, »zwischen den alten Möbeln und Bildern und Kisten und Kasten sich zu verstecken und sich vorzustellen, daß man vielleicht nicht gefunden würde und die andern davonlaufen und zuschließen möchten und man hier einmal die ganze Nacht verbringen müßte.« »Nun, dann würde man sich eben auf das alte Sofa hier gelegt haben und würde friedlich eingeschlafen sein!«

»Nein, nein, Fritz,« sagte Hilde mit einer seltsam erregten Stimme, »man würde nicht friedlich eingeschlafen sein! Man würde ängstlich rufend zwischen all dem Gerümpel umhergeirrt sein. Man würde bebend und zitternd auf das Geknisper und Geknasper der Mäuse gehorcht haben und auf das Huschen der Fledermäuse. O, ich würde irrsinnig geworden sein vor Entsetzen! Ich muß es mir immer in allen Einzelheiten ausmalen, wie das gewesen wäre.«

»Jetzt noch?« fragte Fritz lächelnd. »Für solchen phantastischen Kindskopf hätte ich dich gar nicht gehalten, Hilde.«

»Jetzt noch!« wiederholte sie leise, und in ihren braunen Augen spiegelte sich etwas von dem Schrecken des Kindes. »Zuweilen, wenn es mir unten zu tageshell ist, steige ich hinauf in diese Dämmerung verlassener Erinnerungen und denke, wie wohl das innere Leben all dieser Menschen, die hier wertlose Reste ihrer Existenz zurückgelassen haben, beschaffen gewesen sein mag – ob es ihrem äußern Dasein glich oder einen trostlosen und beängstigenden Gegensatz dazu bildete.«

»Das sind kuriose Gedanken und ganz ungesund für ein junges Mädchen,« sagte Fritz, »aber das ist es ja: Ihr seid hier alle von zu viel Vergangenheit umgeben.«

Hilde atmete tief, ihr Vetter sah mit einiger Verwunderung, daß ihr ausdrucksvoller Mund sich leidend verzog.

»Wie können wir mit unserer Vergangenheit fertig werden?« fragte sie mit einem Ernst, der schwer in das leichte Geplauder fiel. »Freilich gäbe es ein Mittel, und das hat mir oft verlockend geschienen ...«

Fritz blickte das Mädchen aufmerksam an.

»Du bist nicht sehr glücklich, Hilde! Öde genug mag es ja manchmal sein, hier bei den alten Leuten zu sitzen und ihre Klagen anzuhören; aber nun eröffnen sich ja andere Aussichten für dich, und als Hofdame wirst du sicher mehr vom Leben sehen und dich besser unterhalten.«

Hilde zog die Brauen zusammen. »Deine Ironie kannst du dir ersparen,« sagte sie feindlich.

»Ich meinte das keineswegs ironisch,« verteidigte sich Fritz, »ich suchte mich nur auf deinen Standpunkt zu stellen!«

»Und welches ist mein Standpunkt?«

»Mein Gott, der eines deutschen jungen Mädchens und einer vernünftigen Familientochter, womit ich nur sagen will, daß du meinen Eltern wirklich die Tochter ersetzt hast ...«

»Man will mich dafür auch versorgen – als Hofdame,« murmelte sie undeutlich.

Er sah, wie sich ihre Augen mit Tränen füllten.

»Ja, wenn dir der Plan keine Freude macht, warum gehst du denn darauf ein?«

»Was bleibt mir anderes übrig,« sagte sie gleichgültig. »Wenn Nauschenrode verkauft ist, werden deine Eltern in eine kleine Stadtwohnung ziehen; dort kann deine Mutter die Wirtschaft selbst versorgen, und ich bin gänzlich überflüssig.«

»Warum gehst du nicht lieber nach Amerika? Dort findet ein so tüchtiger Mensch, wie du es doch bist, sicher sein Brot.«

Hilde schüttelte den Kopf. »Das hätte ich vor zehn Jahren tun sollen, damals war ich drauf und dran, an dich zu schreiben und dich zu bitten, mir zu helfen.«

»Warum hast du es nicht getan?«

»Ich hatte keinen Mut. Und dann habe ich die entsetzliche Zeit hier durchgemacht und mich abgefunden, so gut es ging.«

»Welche entsetzliche Zeit?«

Hilde wurde sehr rot. Sie hatte geglaubt, ihr Vetter sei durch seine Mutter genau unterrichtet worden über ihre Demütigung. Nun stieg ein bitterer Ärger in ihr auf, daß sie überhaupt mit dem Wort an jene Erlebnisse gerührt hatte. Was gingen sie ihn denn an? »Laß die Vergangenheit schlafen!« sagte sie heftig.

»Waren meine Eltern doch nicht so gut und lieb zu dir wie zu einem eigenen Kinde?« fragte er.

»Ach – viel zu gut – in Liebe und Verzeihen bin ich eingewickelt, bis ich fast an der Dankbarkeit erstickte. Pfui ... nein, das hätte ich nicht sagen sollen.«

»Warum nicht – ich kann mir das so gut vorstellen,« meinte Fritz. »Vielleicht hättest du wirklich nicht im Hause bleiben sollen. Nun verstehe ich den Hofdamenplan auch besser ...«

»Ach,« rief Hilde mutlos, »heute bin ich viel zu müde und viel zu mürbe, um überhaupt noch etwas zu wollen. Ich lasse mich eben schieben, wohin das Schicksal mich schiebt. Ich bin nicht einmal hier oben in einem von den finstern Winkeln und Verliesen für immer verschwunden, wie ich's doch oft geträumt habe.«

»So arg war dir manchmal zumute?«

Sie nickte und schluckte ein wenig an Tränen, die sie nicht fließen lassen wollte.

»Ach, dummes Zeug,« rief sie dann in einem völlig andern Tone, »glaub nicht daran ... da drüben steht der Fahrstuhl, den wir suchen!«

Sie war Fritz dankbar, daß er nicht weiter auf das angeschlagene Thema einging, sondern einfach das alte Fahrgestell hervorzog und sich eingehend mit seiner Mechanik beschäftigte. Niemals hatte sie einem Menschen so viel von sich verraten, ein unwiderstehliches Verlangen, das fast einer Begierde glich, der nicht zu widerstehen war, hatte sie getrieben; nun schämte sie sich über sich selbst. Fritz hatte einiges Handwerkszeug mit heraufgebracht, schraubte die Räder ab und arbeitete mit der Gewandtheit eines Vielerfahrenen daran, sie wieder in Ordnung zu bringen. Er nahm Hildens Hilfe dabei unbefangen in Anspruch. Allmählich begann er bei seiner Arbeit einen drolligen Niggersong anzustimmen, und ihr wurde bei seiner selbstverständlichen und gelassenen Heiterkeit auch wieder wohler ums Herz.

Siebentes Kapitel

Fräulein Trinette kehrte in höchst erregtem Zustande von ihrem Spaziergang im Parke heim. »Denkt nur, ihr Lieben,« rief sie empört, indem sie eine Flasche mit einem Gewimmel kleiner Lebewesen darin leidenschaftlich und zornig schüttelte, »was mir begegnet ist! Ich sitze friedvoll an der Wiese unter der großen Tanne, da wo der Wald beginnt, und bin im Begriff, mir einige Ameisen zu fangen ... Ich halte viel von Ameisenspiritus gegen Rheuma und Reißen. Diese guten, alten Mittel sind so viel wirkungsvoller als all das teuere Zeug, das in den Zeitungen angepriesen wird, und Gott schenkt uns die nützlichen Tierchen ganz umsonst ... Ich habe also mein Fläschchen auf den Weg gelegt, wo die kleine Karawane hinüberspaziert, und bewundere die Klugheit der Tiere, die trotz der süßen Lockspeise von Bierhefe und Zucker in der Flasche die Gefahr zu ahnen scheinen und enthaltsam über das Hindernis hinwegklettern. Eine Menge gieriger Genüßlinge gab's aber doch unter ihnen, und so war ich ganz zufrieden mit meinem Fange – da sagt plötzlich eine grobe Stimme neben mir: »Freilein von Kosegarten, wenn Sie Ameisen fangen wollen, denn kommen Sie man mit in den Wald! Da weeß ich nen jroßen Haufen ...« Nun, was sagt ihr dazu? Empörend, nicht wahr?«

»Aber, Tante,« rief Hilde lachend, »der Mann wollte dir doch augenscheinlich nur gefällig sein.«

»Gefällig?« fragte Tante Trinette, »ich wundere mich, daß du die Beleidigung in dieser ungenierten Anrede nicht fühlst! Wozu fordert ein Mann eine Dame auf, ihm in den Wald zu folgen? Sittliche Absichten leiten ihn dabei keinesfalls! Ich habe dir immer gesagt, Friedrich, du sollst den Park für das Publikum schließen.«

»Hallo, Tante,« rief Fritz, »sollte das vielleicht der geheimnisvolle Debberitz gewesen sein?«

Kosegarten bekam einen roten Kopf. »Das Mistvieh!« schimpfte er. »Wenn der sich untersteht, hier herumzustrolchen, dann lass' ich den Park wirklich schließen, und zwar sofort. Habe keine Lust, mich ausspionieren zu lassen von dem gemeinen Lumpen.«

»Lieber Papa,« antwortete Fritz kühl, »Gefühl ist Gefühl, und Geschäft ist Geschäft. Man darf beides niemals vermischen. Ein Mann, der Rauschenrode in seinem jetzigen Zustand von Vernachlässigung, nimm's mir nicht übel, Papa, ich weiß, du hattest kein Kapital hineinzustecken, ich konstatiere einfach nur eine Tatsache ... also, ein Mann, der Rauschenrode kaufen will, so wie es jetzt ist, den muß ich für einen deutschen Idealisten halten.«

»Idealist?« brummte Kosegarten, »Idealaas! Blutsauger! Ist nun mein Gläubiger, kann mich nach Noten schinden! Wo ich das Geld hernehmen soll, um die Hypothekenzinsen zu zahlen, das mag der Deibel wissen!«

Trinette setzte die Flasche mit den Ameisen auf den Frühstückstisch und trat auf ihren Bruder zu. Sie legte ihm die Hand auf die Schulter und sagte, indem ihr mit Haaren besetztes Kinn vor Bewegung zu zittern begann: »Mein guter Friedrich, ich sehe, ich muß das Opfer bringen!«

In dem Gesicht des alten Herrn sah man die Freude aufglimmen. »Trinette, Schwesterherz! Wolltest du wirklich? Na, weißt du, das – das vergess' ich dir nie!«

Er faßte sie um die Taille und gab ihr einen Kuß auf die gelbe, lederartige Wange. »Es wird mir nicht leicht,« sagte das Fräulein von Kosegarten bedächtig, »nach der Ablehnung von neulich ... Aber ich werde doch noch einmal an die Herzogin schreiben.«

Der alte Herr ließ seine Schwester schnell genug aus seinen Armen frei und wandte sich enttäuscht von ihr fort. »Die Herzogin?« brummte er. »Ich dachte, du hättest nun endlich Vernunft angenommen und wolltest selbst in den Beutel greifen.«

»Lieber Bruder,« sagte Trinette und fuhr sich mit dem Zeigefinger glättend über den Scheitel, »ich halte mich nur für die Verwalterin eines mir vom Höchsten anvertrauten Gutes. Es würde leichtsinnig sein, euer bequemes Wohlleben hier zu unterstützen ...« Ihr Blick haftete strafend auf der Schale mit goldhellem Honig vor ihr auf dem Frühstückstisch.

Herrn von Kosegartens Lippen entfuhr ein Wort, das weniger wie »Schwesternherz« und mehr wie »Giftkröte« klang.

»Ich hatte doch ganz vergessen,« begann Fritz, »welche Rolle in der deutschen Geschäftswelt die Frauen spielen. Das Geld der Tante, das Geld der Herzogin, das Geld der Braut ... man ist den deutschen Anschauungen mit der Zeit recht fremd geworden!«

»Du willst doch nicht behaupten, daß das Geld in Amerika keine Rolle spielt?« fragte Trinette spitz.

»Das Geld, das der Mann sich verdient, Tante,« antwortete Fritz, »gewiß, das spielt eine gewaltige Rolle! Darum interessiert es mich auch kolossal, wie der Mann, dieser Debberitz, es gemacht hat, in so kurzer Zeit vom armen Dorfjungen und Sohn eines kleinen Beamten zum reichen Mann aufzusteigen. Denn es ist keine Frage, nach den Erkundigungen, die ich über ihn eingezogen habe, hat der Mann Geld wie Heu, so viel, daß er es augenscheinlich schon wieder los werden möchte ... Nach welcher Richtung wandte er sich, als er dich verließ, Tante?«

»Er ging rechts hinunter, an der Fohlenkoppel entlang.«

Kosegarten fuhr empor. »Fritz, ich verbiete dir ...« Fritz wandte den Kopf ein wenig zurück nach seinem alten Herrn. »Papa, ich bin mündig,« sagte er mit der verbindlichsten Stimme von der Welt und ging schnellen, leichten Schrittes, den kleinen, weißen Strohhut auf dem Kopf, über die Rampe und die Freitreppe hinunter.

Frau Marie von Kosegarten war heute einmal recht zufrieden mit ihrem lieben Gott. Alle ihre Lieben waren um sie versammelt. Fritz hatte sie zur Feier seines Geburtstages, den sie sonst in verborgenen, heißen Tränen zu verbringen pflegte, unter viel Gelächter und harmlosen Scherzen in Großmutters altem Fahrstuhl, der freilich einigemal bedenklich in allen Fugen krachte, den Heuberg hinaufgeschoben.

Nun saßen sie auf der mit verblichenen Amoretten bemalten Veranda des baufälligen Pavillons im herrlichsten Buchenwald, hörten das Rauschen des prächtigen Falles aus der grünen Schlucht herübertönen und atmeten die laue, vom Duft des jungen Buchenlaubes fein durchwürzte Bergluft.

Unter dem Einfluß eines guten Kaffees, den Hilde auf der Spiritusmaschine soeben gebraut hatte, und Mamsell Wärmchens vorzüglichem, braunglänzendem Butterkuchen geriet auch der alte Herr in eine menschenfreundlichere Stimmung. Er begann seine nettesten Jagdgeschichten zu erzählen. Man glaube nicht, daß das ehrwürdige Alter solcher Anekdoten ihren Wert in der Familie verringere; das tut es nur Fremden und entfernten Seitengliedern der Verwandtschaft gegenüber. Besonders heute, wo Fritz in dem Abenteuer des auf Schloß Rauschenrode eingeladenen Schriftstellers mit der Wildsau und in jener andern Geschichte vom Herzog Ernst und der Hasendublette längst vergessene Freunde aus der Kinderzeit mit ungeheucheltem Vergnügen neu begrüßte, wurde auch ihre Wirkung auf die andern Zuhörer beträchtlich erhöht. Fern hinter dem Gewoge des grünen Blättermeers lagen so zuwidre Sachen wie Hypotheken-

Transaktionen. Herr von Kosegarten lachte sein behaglichstes, tiefes Weidmannslachen bei Fritzens Bericht, wie er auf der Landenge von Panama beinahe mal einen Puma geschossen habe, schließlich sei es aber ein Kanalarbeiter gewesen, und er danke seinem Schöpfer noch heute, daß der Schuß danebengegangen sei. Die verblaßten Amoretten, die so viele Jahre einsam vergilbte Rosengirlanden um den abbröckelnden Plafond des kleinen, zierlichen Gartenhäuschens gewunden hatten, blickten heute ordentlich lebenslustig auf die jungen Mädchen hinab, die fröhlich durch den antiken Säulenportikus aus und ein flatterten und sich in ihren hellen Sommerkleidern und blumengeschmückten Hüten zwischen den umkränzten Altären, den Flöten und Hirtenstäben an den Wänden hin und her bewegten. Von der Sonne erhitzt und durchglüht, hatten Hilde und Mimi etwas wie Frühlingsblüte erster Jugend zurückgewonnen, die sich nun lieblich mit der belebtem Intelligenz reiferer Jahre in ihren Gesichtern verband.

Fritz begann sie zu reizen, indem er erklärte, kein deutsches Mädchen verstehe den Flirt so leicht, frei und anmutig wie die Amerikanerin. Das sei eine Kunst, die seit frühester Jugend geübt sein müsse, und übrigens, seiner Ansicht nach, der edelste Sport für eine junge Dame. Eine amerikanische Freundin habe ihm einmal erklärt, sie fange einen Mann »mit einer Wimper«.

Hilde, die heute übermütig war, wie man sie nur selten sah, begann darauf die wunderlichsten Augenverdrehungen, auf die Fritz mimische Antworten erteilte, so daß die Mutter nicht aus dem Lachen herauskam und selbst Zipperjahn, den man zur Bedienung mitgenommen hatte, verschiedene Male laut herauspruschen mußte. Es war ein Glück für ihn; daß der gestrenge Herr Schottenmaier nicht zugegen war, der ihm solche Ungehörigkeit streng verwiesen haben würde.

Mimi blickte bei dem Augenspiel zwischen Fritz und Hilde träumerisch in die Ferne. Sie mußte der Unterhaltung denken, die sie am Abend zuvor mit ihrer Mutter gehabt.

»Du bist mündig, Mimi,« hatte Frau von Rahlen gesagt; »wenn du zu mir kämest und mir sagtest, daß du eine Wahl getroffen hättest, die ich mit dem Verstande nicht billigen könnte, so würde ich mich, wenn auch schweren Herzens, dennoch deinen Wünschen fügen. Was unser Glück ausmacht, das weiß nur jeder von uns allein, und niemand, selbst deine Mutter nicht, hat in dieses Geheimnis den richtigen Einblick. Aber warnen möchte ich dich, mein Kind. Wir alle freuen uns mit den alten Freunden, daß ihr Sohn als ein Mann heimgekehrt ist, der sich sehen lassen darf, dem man überall Interesse entgegenbringen wird. Dennoch frage ich mich, ob er nicht für sie ein Verlorener bleiben wird, gerade weil er sich so gut in das neue Leben hineingefunden hat ... Du bist in einem engen Kreis erwachsen, du wurzelst fest im Erdboden deiner Heimat und in allen ihren Anschauungen. Ich glaube nicht, daß du dich dem Amerikanertum so leicht und schnell anpassen würdest. Ich meine mit diesem Ausdruck eine neue Sinnesart, die auch bei uns vielfach emporwächst, die mir aber niemals so stark und deutlich entgegengetreten ist wie in der Erscheinung und in dem Wesen dieses Sprößlings einer unserer besten aristokratischen Familien.«

Frau von Rahlen hatte den Kopf ihrer Tochter zwischen ihre Hände genommen und sie auf die Stirn, auf die gesenkten Augenlider geküßt. Die Worte klangen in Mimis Herzen nach, gerade weil sie so gemäßigt und gütig waren.

August fragte sie leise, warum sie so schweigsam sei und was ihr die Stimmung trübe.

Sie hob den Kopf mit einem freundlichen Lächeln, aber sie wußte nichts zu antworten. Dann erfolgte ein allgemeiner Aufbruch. Fritz begann zu August wieder von seinen Plänen zu reden, die Wasserkraft des Rauschenfalles zu einer elektrischen Anlage auszunutzen.

»Natürlich habe ich schon hundertmal daran gedacht,« sagte August bedächtig, »aber woher das Kapital nehmen?«

»Hast du in Berlin, wo du dich doch oft genug aufgehalten hast, niemals Fühlung mit kapitalkräftigen Leuten gesucht?«

»Ich gestehe,« sagte August hochmütig, »daß mich der Ton in den Kreisen dieser Herren zu wenig reizte, als daß ich hätte suchen wollen, ihre nähere Bekanntschaft zu machen.«

»Fritz zog seine hochgewölbten Brauen noch etwas höher. »Du bist eben immer Edelmann geblieben, mein Lieber,« sagte er. »Mit diesem abgeschlossenen Wesen, das jedes andere als minderwertig betrachtet, reicht man vielleicht aus, um als Krautjunker seine Scholle zu beackern, kaum als Diplomat. Und daß du nun gar Techniker geworden bist, der ohne die Hilfe der Industrie überhaupt nichts beginnen kann, das, verzeih mir, war ein arger Mißgriff.«

»Nein,« rief Mimi plötzlich lebhaft dazwischen, »er soll auch als Ingenieur bleiben, was er ist: ein deutscher Edelmann! Er soll sich nicht amerikanisieren. Warum können wir es nicht in unserer Art auch zu etwas bringen?« Sie stockte, blickte August an und wurde plötzlich rosenrot.

Beide Brüder lachten, aber mit einem verschiedenen Klang. August war ein wenig verlegen, doch glücklich, und küßte ihr die Hand. Fritz wandte sich zu seiner Mutter und sagte, indem er seinen Arm unter den ihren schob und sie über den Platz führte: »Nun, die Teilnahme scheint ja da drüben sehr warm.«

»Ach nein,« klagte Frau von Kosegarten, »du irrst dich! Wie lange wirbt der arme Junge schon hoffnungslos um das Mädchen!«

»Mimi leidet an allzu großer Treue,« warf Hilde hin.

»Oh!« machte Fritz bedauernd, »eine Krankheit, zu der ich keinerlei Anlage habe.« Indem seine Blicke die Augen seiner Kusine suchten, wiederholte er zweimal: »Du irrst dich, du irrst dich ganz gewiß! Vielleicht irrt Mimi auch. Mein Gott, Gefühle sind niemals so reinlich zu scheiden – oder meinst du?«

»Ich weiß nicht,« murmelte Hilde verwirrt.

In Fritzens Augen war ein seltsames Funkeln, aber man konnte bei ihm nie wissen, was Scherz und was Ernst war, und das Sichere blieb jedenfalls, man nahm alles als Scherz und Neckerei. Darum, als er sich ein wenig zu ihr beugte und ihr ins Ohr flüsterte: »Du siehst heute einfach siebzehnjährig aus. Kusinchen!« machte sie eine schnelle abschüttelnde Bewegung mit dem Kopf und rief: »Alter koketter Bengel! Hier kennt man deine Art zu gut, sie verfängt nicht mehr!«

»Kratzbürstchen!« gab er gut gelaunt zurück.

August und Mimi waren nach dem Bach hinuntergegangen.

»Ich danke dir,« hatte August zu ihr gesagt, »daß du so warm für mich eingetreten bist.«

»Habe ich dir nicht versprochen, deine Freundin zu sein?« gab sie ernst zurück.

Er seufzte. »Mimi,« gestand er, »Fritzens Art reizt mich unmäßig. Ich will ihn ja nicht bei dir verleumden, aber ich fühle, ich werde schlecht durch seine Gegenwart. Hilf du mir darüber hinweg, Mimi!«

»Ich?« flüsterte sie verzagt und hatte die Augen voll Tränen, »ich kann wohl jetzt niemand helfen, bin selbst viel zu hilfsbedürftig.« Ihr feines, blondes Gesicht wandte sich schüchtern zur Seite, indem sie flüsterte: »Das alte Gefühl ist nicht tot, aber es paßt nicht mehr zu dem neuen Menschen ...« Erschrocken hielt sie inne: »O Gott, August, daß ich dir das sage!«

Er warf einen Blick zurück, und weil er sah, daß die andern im Gespräch hin und her wandelten und niemand auf sie achtete, nahm er Mimis Rechte zwischen seine beiden Hände und drückte sie innig. »Ich bin dir so dankbar, daß du offen zu mir sprichst. Wenn es auch weh tut, dein Vertrauen ist doch das Schönste, was du mir schenken kannst.«

Sie atmete schnell und schneller. Wäre er selbst nicht zu bewegt gewesen, so hätte er sehen müssen, wie ihre gesenkten Lider bebten, wie ihr Mund sich öffnete und wieder schloß, ohne ein Wort finden zu können. Plötzlich machte sie sich stark und zog ihre Hand hastig aus der seinen.

»Nein, August, nein,« sagte sie bestimmt, »nicht jetzt, nicht heute! Laß mir Zeit ...«

Er trat ein wenig zurück und blickte traurig. Eine Kühle senkte sich wie ein seiner Nebel zwischen sie.

»Ich finde euch wohl heute abend wieder an dem gleichen Platz?« sagte er zu seiner Mutter tretend. »Entschuldigt mich bis dahin, ich habe noch zu arbeiten.« Nach kurzem Gruß entfernte er sich, und Mama Kosegarten begleitete sein Fortgehen mit einem kleinen Gefühlsausbruch über seine Gewissenhaftigkeit und seine Pflichttreue.

Man stieg dann zur Lichtung hinauf. Um die Baumstümpfe der im letzten Jahr geschlagenen Buchen wucherten Blumen und Gekräut. Die Mädchen begannen große Sträuße zu pflücken.

Bei Gelegenheit des Hin- und Herschweifens kamen denn auch Fritz und Mimi in ein längeres Gespräch. Sie war erstaunt zu hören, daß er August ohne jede Ironie lobte und die Hoffnung aussprach, es werde sich bald eine Gelegenheit finden, wo sein Bruder sich ruhig und stetig, wie es seinem Wesen angemessen sei, betätigen könne. Er blickte eine Weile nachdenklich vor sich nieder, sah darauf seine Nachbarin etwas prüfend von der Seite an und begann vorsichtig: »Ich möchte wohl wissen, Mimi, ob du noch genug Freundschaft aus früherer Zeit für mich übrig hast, um mir einen großen Gefallen zu tun?«

Sie senkte den Kopf und ordnete an ihrem Strauß. »Was könnte ich für dich tun?« fragte sie mit bedeckter Stimme. »Es scheint mir,« sagte Fritz, »daß mein Bruder viel auf dein Urteil gibt, und da wäre es in diesem Augenblick für mich und auch für August selbst von großem Wert, wenn du ihn ein wenig zu meinen Gunsten beeinflussen könntest!«

Fritz beobachtete, wie sie blasser wurde und wie ihr Gesicht einen ablehnenden Ausdruck bekam.

»Ich wüßte nicht, wie ich das beginnen sollte,« sagte sie mit einem Anflug von Hochmut.

»Ich lese dir die Gedanken von der Stirn,« rief Fritz, »... ,da müßte ich selbst erst eine gute Meinung von dir haben', willst du sagen. ,Und wodurch sollte ich mir die verschafft haben oder verschaffen?' ... Ich gebe zu, ihr wißt wenig von mir. Mein Erscheinen in eurer Mitte muß euch befremdend und verdächtig vorkommen. Sieh, mich hat wirklich die ehrliche Absicht hergeführt, mit August zusammen etwas zu unternehmen, einen Plan auszuführen, der uns beiden, meiner Ansicht nach, nicht nur eine tüchtige Arbeit, sondern einen tüchtigen Gewinn verschafft. Dazu brauche ich vor allen Dingen sein Vertrauen und seinen guten Willen, überhaupt erst einmal mit mir an die Sache heranzugehen. Nun also, wie dieses Problem zu lösen sei, beschäftigt meine Gedanken jetzt fortwährend.«

»Um dir als Werkzeug zu deinen geschäftlichen Plänen zu dienen willst du mich gewinnen?« sagte Mimi mit so viel Bitterkeit im Ausdruck, daß Fritz sie überrascht anblickte.

»Ja, gewiß, was ist dabei Verletzendes?« fragte er leichthin.

»Von deinem Standpunkt aus gewiß nichts, nur ist mir der so fremd, wie du mir überhaupt geworden bist.«

Fritz machte eine ungeduldige Bewegung.

»Sage du nicht auch dasselbe, was ich auf Schritt und Tritt zu hören bekomme! Natürlich hab ich mich entwickelt, aber ich bin meiner Grundnatur doch treu geblieben, und wenn du für die einmal Sympathie gehabt hast, so wüßte ich nicht, was dich hindern könnte, sie auch jetzt noch zu haben.« Mimi öffnete die Lippen, schloß sie wieder, schluckte ein wenig und sagte schließlich: »Vielleicht bin ich es, die sich verändert hat!«

»Das Gesetz der Schwere, das über euch alle regiert, hat dich nicht verschont,« bemerkte Fritz lächelnd. »Was warst du einmal für ein begeistertes, glühendes Mädchen!«

»Und nun bin ich alt und langweilig geworden – sag's nur gerad heraus!«

»Das nicht, nur so eigentümlich befangen. Du gehst umher, wie in weiße Schleier gewickelt, die dir jede Bewegung lähmen. Wenn du mit mir zusammen bist, macht dein feierlicher Ernst mich förmlich beklommen.«

Mimi lachte kurz auf. »Du und beklommen!«

Fritz sah sie mit seinen hübschen, etwas tiefliegenden braunen Augen prüfend an. »Es ist doch so. Im Augenblick der ersten Begrüßung kamst du mir so freundlich entgegen. Was hat dich seitdem so verändert? Nein, nein, lauf mir nicht davon! Oder wollen wir zu der Buche dort hinaufklettern und sehen, ob wir an ihrem Stamm ein gewisses Herz noch finden? ...«

Mimi war sehr rot geworden, schüttelte hastig den Kopf und blickte vor sich nieder, bange atmend. Sie hob den Strauß und drückte ihr Gesicht hinein, um Zeit zu gewinnen, dann flüsterte sie scheu: »Ich kann es nicht abschütteln, es ist stärker als ich, es legt sich über mich wie ein Bann, sobald ich in deiner Nähe bin. Ich begreife mich ja selber nicht ... Als wir dich erwarteten, da – da freute ich mich so unmäßig und meinte, alles müßte wiederkommen mit dir: Lachen – und Jugend und Glück – eben alles, was du mit dir übers Meer genommen hast.« Die Tränen stürzten ihr unaufhaltsam aus den Augen, während sie die leidenschaftlichen Worte heftig hervorstieß.

Fritz wandte diskret den Kopf zur Seite. Er wollte diese Tränen nicht sehen und ihr Zeit geben, sie zu trocknen. »Mimi,« sagte er mit dem Versuch, dem Gespräch eine leichtere Wendung zu geben, »du willst doch nicht sagen, daß ich dein Lachen und deine Jugend und dein Glück damals mit in meinen Koffer gepackt hätte?«

»Ich will dir ja keinen Vorwurf machen,« stammelte das Mädchen verwirrt, »es war eben Notwendigkeit.«

»Einen Vorwurf?« fragte Fritz. »Wir wollen uns doch wohl keinen Vorwurf machen aus unserer fröhlichen Liebe, an die ich immer gedacht habe wie – nun wie an einen blühenden Baum, an dem man im Frühling vorüberging.«

»Du bist vorübergegangen,« sagte Mimi – »mir war die Erinnerung mein Leben.«

»Elf Jahre lang Erinnerung,« rief Fritz erschrocken – »mein Gott, Mimi, wenn das wahr ist, dann ist's schauerlich.«

»Es hatte auch seine Süße,« flüsterte Mimi träumend.

Sie gingen beide in einer wunderlichen Ergriffenheit den grünen, moosigen Waldweg entlang, den Fritz eingeschlagen hatte.

»Was seid ihr Mädchen für seltsame Geschöpfe!« rief er plötzlich lebhaft, als wollte er mit dieser hellern Stimme etwas – eine Stimmung, die keine Herrschaft über ihn gewinnen sollte – verscheuchen. »Ihr seht doch andere Männer, ihr werdet doch begehrt ...«

»Wir sehen sie nicht,« sagte Mimi in Erinnerungen verloren, »und wenn man uns begehrt, so wird es uns lästig.«

Fritz blieb stehen. »Ich nehme meine Behauptung von vorhin zurück,« sagte er leise. »Ihr deutschen Mädchen versteht einen weit gefährlicheren Flirt als die Amerikanerin.«

Mimi zog die Schultern hoch, sie fühlte einen feinen Schmerz am Herzen. »Armer Fritz, kennst du keine andere Erregung mehr als die durch einen geschickten Flirt?« fragte sie traurig.

»Doch, Mimi«, antwortete Fritz ernst. »Bei meinem Besuch in Niedernrode vorgestern, als ich dich dort beobachtete, während wir durch die Ställe gingen, wie du mit Knechten und Mägden sprachst als die kluge, tüchtige Herrin – da überkam mich ein Gefühl aufrichtiger Achtung und Bewunderung für meine liebe Jugendfreundin, und ich war sehr stolz darauf, daß du mich einmal liebgehabt hast – du sollst dich nicht entwerten und dich jetzt als eine überspannte Schwärmerin hinstellen, die du ja gar nicht bist.«

Mimi seufzte.

»Fritz,« sagte sie resigniert, »ich habe gelernt, Arbeit anzupacken und zu bewältigen, weil ... Ach, es ist ja lächerlich! Es kommt mir so unbeschreiblich unsinnig vor, alles, was ich gedacht und geplant und gehofft habe die vielen Jahre hindurch ... Ich dachte, ich dürfte dir nicht nachstehen und müßte tüchtig werden für ein Leben, das vielleicht hart und entbehrungsreich werden konnte da draußen – mit dir ...!« Die letzten Worte kamen nur noch wie ein Hauch über ihre Lippen, aber Fritz hatte sie doch verstanden. Er nahm ihre freie Hand und küßte sie mehrmals herzlich und lange.

» *Dear girl,*« sagte er leise, »ich wollte, ich hätte mehr Ahnungsvermögen besessen!«

»Ach, Fritz!« sagte Mimi lächelnd mit zurückkehrender Ruhe, »jetzt denk ich, daß dich das nur gehindert haben würde!«

»Wer weiß?« fragte Fritz und blickte ihr tief in die Augen. Ein Schwindel ergriff sie dabei, ein inneres Erzittern. Was sollte aus dem allen werden? War sie noch bereit für ihn? Jedes Gefühl in ihr verlor sich in grenzenloser Unsicherheit. Etwas dergleichen mußte er wohl in ihrem Blick lesen, denn er reckte sich plötzlich straff zusammen und ließ ihre Hand nach kurzem Druck los.

»Man muß nicht getrocknete Blumen wieder lebendig machen wollen ... Ich glaube, Mimi, das ist dein Geschmack so wenig wie der meine. Sieh mal, da draußen in der Schonung, wo das alte Holz niedergeschlagen ist, da wächst das junge Grün am tollsten.« Er lächelte jetzt, und sie nickte ihm zu mit tränenglänzenden Augen. Dann hob sie noch einmal die Hand und reichte sie ihm mit gutem Druck.

»Auf neue Freundschaft!« rief sie mit einem wunderlichen kleinen Lachen, drehte sich dann schnell um und lief eilig davon, als könnte sie ihren eigenen widerstreitenden Empfindungen entfliehen, wenn sie sich in die Obhut von Tante Kosegarten zurückbegeben würde.

Fritz ließ sie gehen und verfolgte langsamen Schrittes den Waldweg weiter. Er zog eine der großen starken Zigarren, die er zu rauchen pflegte, aus der Brusttasche und steckte sie sorgsam in Brand. Er befand sich in dem behaglichen Geisteszustand eines Mannes, der sich aus einer schwierigen Situation glücklich gerettet und sie nach seinen Wünschen gelenkt hat. Mimi war nun auf dem Weg, auf dem er sie haben wollte.

Fritz kam nach einer Weile auf den Platz am Pavillon zurück. Er fand dort niemand von den Seinen mehr vor. Zipperjahn war beschäftigt, unten am Bach die Tassen und Teller zu spülen und für den Abend neu herzurichten. Es lag Fritz im Augenblick nicht viel daran, wieder mit den Damen und seinem Vater zusammenzutreffen. Er setzte sich vor den Portikus des baufälligen kleinen Gebäudes und überdachte seine Pläne und Absichten für die Zukunft. Debberitz war sehr erfreut gewesen, ihn zu sehen, und sie waren auch schnell wieder in den alten kameradschaftlichen Ton gekommen. Aber als Fritz das Gespräch auf geschäftliche Dinge lenkte, hatte Herr Debberitz sich doch sehr vorsichtig und zurückhaltend gezeigt. Die pompöse Überheblichkeit des guten Theodor, die des alten Herrn Zorn so sehr herausgefordert hatte, amüsierte Fritz außerordentlich. Ja, sie freute ihn beinahe. Er wußte längst, wie die Eitelkeit der Menschen die beste Handhabe bietet, um sie daran zu leiten und sie nach dem eigenen Willen zu regieren. Und er überlegte jetzt nur, auf welche Weise er ihr in diesem Fall die nötige Nahrung zuführen könne, um Thete Debberitz gefügig zu machen und zugleich die Antipathie in seiner Familie zu schonen. Fritz war wie alle Menschen eines unsteten abenteuerlichen Lebens ein wenig abergläubisch. Er vertraute seinem guten Stern, wartete bestimmt auf unvorhergesehene günstige Zufälle, die da helfend eingreifen würden, wo sein Verstand im Augenblick noch keinen Ausweg sah, und war jetzt wie immer fest entschlossen, wenn sein Stern sich ihm nicht günstig erweisen würde, wenn der Zufall ihm hindernd, statt fördernd in den Weg treten sollte, das Unternehmen, um dessentwillen er herübergekommen war, binnen kurzem aufzugeben und irgendeinen neuen Weg zu Glück und Erfolg einzuschlagen.

Als er in seinem Gedankengange bei solchen Erwägungen angelangt war und aufblickend die gewichtige und stattliche Erscheinung des Herrn Theodor Debberitz sich über die Brücke auf den Platz zu bewegen sah, verwunderte ihn dieses Zusammentreffen nicht weiter. Es erfüllte ihn nur mit der ruhigeren Sicherheit, daß sein Glücksstern ihm diesmal treubleiben werde. Er ging dem in seiner Leibesfülle langsam Daherschreitenden mit einem ziemlichen Aufwand von Herzlichkeit und Freude entgegen und rief ihm schon von weitem zu: »Na, alter Junge, du kommst ja wie gerufen! Weißt du, daß wir im Begriff sind, hier meinen allerhöchsten Geburtstag zu feiern, daß aber meine werten Angehörigen in ungebändigter Naturschwärmerei sich im Wald zerstreut haben und mich mit der Maibowle hier ganz allein ließen! Du mußt durchaus ein Glas mit mir trinken. Zipperjahn, hebe die Bowle aus dem Korb im Bach, und bringe Gläser her. Sie wird gerade gut angekältet sein!«

»Nee, nee,« machte Debberitz abwehrend, »Fritzeken, laß jut sein! Du bist ja ein janz famoser Kerl jeblieben, aber mit deinem Ollen, nee, mit dem möcht ich doch hier nicht zusammentreffen!« »Das sind so kleine Mißverständnisse,« rief Fritz munter, »die gleichen sich schon wieder aus. Mein Vater ist ein jähzorniger, alter Herr, aber seine Ausbrüche sind nicht so ernst zu nehmen.«

Debberitz stemmte die Arme in die Seiten. »Siehste, Fritz, das ist eine vernünftige Anschauung. Im Grunde meine ich's ja jut mit deinen Leuten, man hat doch die alte Anhänglichkeit ... Aber wie einen Wucherer und Blutsauger mag man sich doch nicht behandeln lassen!«

Fritz lachte. »Das mußt du meinem Vater schon zugute halten,« meinte er gemütlich, »das ist nun mal die alte Anschauung der Landjunker ... In jedem Geschäftsmanne sehen sie einen Blutsauger oder einen abenteuerlichen Spekulanten. Betrachtet mich denn mein Vater anders? Na also ... Zipperjahn, schenk ein!« Er hatte seinen Freund untergefaßt und nach dem Pavillon gezogen, nahm nun zwei Gläser aus dem noch unausgepackten Korb und ließ sie von dem herbeigeeilten Zyprian mit Maibowle füllen. »Junge, die scheint gut, da müssen wir uns dranmachen!« rief er lustig. Debberitz stand noch zögernd. »Was wird aber die olle Jnädige dazu sagen?« meinte er, doch schon das Glas aufnehmend.

»Meine Geburtstagsbowle reklamiere ich als Privateigentum!« rief Fritz. »Also – Prosit!«

Debberitz schmunzelte vergnügt. Die Erinnerung an manchen mit Fritz auf heimlichen Schleichwegen erbeuteten guten Tropfen stieg mit dem Duft des Maitranks lieblich in seiner Phantasie empor, und die Begeisterung für den intelligenten, feinen, immer zu tausend überraschenden, tollen Streichen bereiten Jugendkameraden wachte in seinem leeren Herzen wieder auf.

»Prost, alter Junge!« sagte er behaglich mit seiner fett und satt gewordenen Stimme.

Die Gläser klangen aneinander. Debberitz bewegte nach einem langen Zuge schmatzend die Lippen und wischte sich mit seinem Batisttuch die Tropfen aus dem Schnurrbart. »Vorzüglich,« lobte er. »Nee weißte, Fritz, deiner Mutter ihre Bowlen – alle Achtung! Man hat ja so manche Pulle Sekt und so manche Bowle getrunken, aber so 'n Rauschenroder Maitrank, der hat's in sich!«

»Ja,« sagte Fritz und füllte die Gläser aufs neue, »der hat einen Geschmack wie erste Liebe und überdies noch den Vorzug, daß er immer wieder gebraut werden kann, während die erste Liebe ... Na, reden wir nicht weiter darüber! Was vorbei ist, ist vorbei! Das zweite Glas auf unsere alten und unsere neuen Streiche!«

Debberitz hatte sich nun schon auf einen der breiten weißen Gartenstühle behaglich niedergelassen. Er lachte und schlug sich vergnügt auf die Schenkel. »Nee weißte, Fritzeken, mit den dummen Streichen, da is es bei mir zu Ende! Überlegt wird, aber sehr gründlich, ehe ich ne Chose anpacke – aber denn auch rin ins Geschäft und nich wieder locker jelassen!«

»Scheint dir ja mächtig geglückt mit deinem Grundsatz,« bemerkte Fritz humoristisch, »präsentabler Kerl!« Er schlug ihm lustig mit der flachen Hand auf den stattlichen Bauch.

»Es macht sich, es macht sich,« wehrte Debberitz bescheiden ab. Er holte sein Zigarrenetui hervor und bot es Fritz an. »Echte Importen, feine Jelegenheitschose,« sagte er mit der Miene eines Mannes, der zu leben weiß und die guten Dinge der Welt zu genießen gelernt hat. Fritz bediente sich und lobte die Marke. Debberitz aber sagte, sinnend in das blaue duftende Rauchgewölk blickend, das vor ihm in der Luft wirbelte: »Schade, Fritzeken, daß du noch nicht hier warst, als ich mit deinem Vater wegen des Verkaufs von Rauschenrode anfing. Zwischen uns beiden wäre die Sache jlatt abgeschlossen, und das wäre auch das beste für deinen Vater jewesen.«

Fritz nahm eine kühlere und verschlossenere Miene an. »Das fragt sich doch sehr, mein lieber Junge,« gab er zurück. »Auf den Preis, den du meinem Vater geboten hast, hätte ich mich jedenfalls nicht eingelassen.«

»Aber Mensch!« rief Debberitz, »du kommst hierher und weißt jar nicht, wie die Sachen hier stehen. Jlaube man, ich weiß hier besser Bescheid wie dein Vater selber.«

»Das ist leicht möglich,« meinte Fritz trocken. »Es gibt aber noch andere Wege, um aus der Verlegenheit zu kommen, als den allerletzten, den wir einschlagen würden, nämlich den, unser altes Familiengut für einen Schleuderpreis fortzuwerfen.«

Debberitz faßte mit seinen großen Händen beide Armlehnen seines Stuhls, beugte sich vor und rief höhnisch: »Welchen denn, wenn ich bitten darf? He, welchen denn? Da wär ich doch sehr neugierig! Ich will dir mal was sagen, mein Lieber, ihr seid in meiner Hand, ihr seid janz in meiner Hand! Wenn ich deinem Vater heut abend die Hypothek kündige, da ist er morgen bankrott, verstehste mich? Bankrott ist er, da jibt's keine Rettung! Ihr tätet wirklich vernünftig, den Vergleich, den ich euch aus alter Anhänglichkeit angeboten habe, mit Dankbarkeit anzunehmen.«

Fritz erhob sich von seinem Stuhl und blickte so auf seinen erregten Jugendkameraden nieder. Er begriff in diesem Augenblick, daß sein Vater dem Mann in wildem Zorn die Tür gewiesen hatte. Sein Gesicht blieb ganz ruhig, nur die Mundwinkel zogen sich ein wenig herab und die Brauen in die Höhe, und die Augen bekamen statt der liebenswürdigen Freundlichkeit, die sie sonst widerspiegelten, einen kalten, klugen, überlegenen Blick. »Wir sind also deiner Ansicht nach ganz in deiner Macht ...« begann er langsam und so gelassen, daß der vom Siegesgefühl berauschte Mann ihn erstaunt anblickte. »Ich kann mir denken,« fuhr er weiter fort, »daß es dir ein teuflisches Vergnügen bereitet, mit uns zu spielen wie die Katze mit der Maus. Ja, ja, ich kann mir das sehr gut vorstellen. –

Übrigens sehe ich da eben August herankommen, und es liegt mir daran, über alle diese Dinge einmal eingehend mit dir unter vier Augen zu sprechen. Erlaube also, daß ich dich einen Augenblick verlasse, um meinem Bruder zu sagen, wo er die andere Gesellschaft im Walde finden wird.«

Er ging auf August zu, der in der Ferne stehengeblieben war und ihn mit einem Gesicht, das eitel Mißbilligung ausdrückte, empfing.

»Ich weiß alles, was du sagen willst,« rief ihm Fritz halblaut zu, »ich will auch heute abend noch deine Vorwürfe und Warnungen geduldig über mich ergehen lassen, nur im Augenblick würden sie mich entsetzlich stören.«

August, der blaß und nervös aussah, hatte bei Fritzens Anrede eine Bewegung gemacht, als träte er vor etwas Widerlichem zurück.

»Ich bitte dich, diesen frivolen Ton zu mäßigen,« sagte er heftig, wenn auch leise, »oder ... oder ich vergesse, daß du mein Bruder bist.«

»Nanu?« fragte Fritz erstaunt.

»Ja,« sagte August, vor ihm stehenbleibend, mit mühsam unterdrückter Leidenschaft, »mögen sie dich alle verhätscheln und um dich herumtanzen, ich will dir nur sagen, daß du mir gar nicht imponierst, daß ich keinen Menschen auf der Welt so wütend hasse wie dich!«

»Herrgott,« sagte Fritz ungeduldig, »das begreife ich ja vollkommen, ich will mich ja heute abend gern mit dir über deine Gefühle auseinandersetzen. Dort oben sucht Mimi Rahlen Maiblumen – sie würde sich freuen, wenn du ihr dabei helfen möchtest! Ich glaube, sie ist gerade in einer Stimmung, die mit der deinen höchst sympathisch zusammenklingen wird!«

August zog gepeinigt das Gesicht zusammen und rieb nervös die Finger. »Ich bitte dich, laß das Mädchen aus dem Spiel, du bist gar nicht wert ...« »Sehr richtig,« unterbrach ihn Fritz lebhaft, »ich bin ihrer gar nicht wert, davon ist sie jetzt auch überzeugt. Ich sagte dir ja schon, in eurer Antipathie gegen mich werden eure Herzen harmonisch zusammenklingen!«

August machte eine verzweifelte Gebärde. »Mit dir ist kein ernstes Wort zu reden!«

»Lieber Junge,« rief Fritz, »um Reden handelt sich's hier nicht, es gibt ein besseres Zeitwort, das heißt ›handeln‹. Und wenn du jetzt nicht handelst und die günstige Stimmung zur Eroberung ausnutzest, so bist du der größte Schafskopf, der mir noch begegnet ist! Also adieu und verzeih, wenn ich dich deinen Sternen überlasse, um den meinen zu folgen.«

Er winkte ihm mit der Hand und ging eilig zu Debberitz zurück. August starrte ihm bestürzt nach. In dem Wort ›Schafskopf‹ hatte ein Ausdruck von Herzlichkeit gelegen, der ihn verwirrte und stutzig machte. Jedenfalls würde er bei Mimi Aufklärung finden, und so war es denn schon das beste, er suchte sie auf, wozu er ja auch eigentlich gekommen war, denn er hätte es doch nicht ertragen können, sie dem Einfluß dieses unberechenbaren Bruders für einen ganzen Nachmittag zu überlassen.

»Was war denn mit deinem Bruder los?« fragte Debberitz neugierig, als Fritz zu ihm zurückkehrte, »der schien ja ganz aus dem Häuschen.« Er saß in dem weißen Stuhl zurückgelehnt, die Beine übereinandergeschlagen, den Rauch der schweren Zigarre behaglich vor sich hinblasend, ein Bild breiter, würdevoller Ruhe, die die Dinge dieser Welt gemächlich an sich herankommen läßt.

»Fritz lächelte. Der Mensch hat so Stimmungen,« warf er leicht hin, » ... es könnte sein, daß wir nächstens Verlobung auf Rauschenrode feiern.« Debberitz nahm die Zigarre aus dem Mund und horchte auf.

»Verlobung? Was du sagst! Doch nicht etwa auf Rauschenrode und Niedernrode?«

Fritz zuckte die Achseln. »Da fragst du mich zuviel! Diskretion Ehrensache!«

»Donnerschock!« stieß Debberitz heraus, »so ein Schlaumeier! Jetzt jeht mir erst ein Dalglicht auf! Hätte den August nie für solchen Schlaumeier jehalten!« Er kaute wütend an seiner Zigarre und warf sie dann mit einer bösen Bewegung beiseite. »Zieht nicht mehr, das Biest,« murmelte er verdrießlich.

»Du meinst, mit der reichen Schwiegertochter im Hintergrunde kann mein Vater den Verkauf von Rauschenrode ruhig abwarten?« fragte Fritz liebenswürdig.

»Ha,« murrte Debberitz, »so gewaltig ist das Rahlensche Vermögen denn doch nicht, und der Bruder kriegt das meiste. Die überschuldete Klitsche hier zu halten, dazu langt's nicht, dazu langt's bei weitem nicht. Da macht euch nur keine Illusionen.«

»Ich glaube auch nicht,« sagte Fritz, »daß August solche Absichten hegt ... Aber sage mir einmal, was veranlaßt dich denn eigentlich, dein Geld hier hineinstecken zu wollen? Wenn du immer solche Geschäfte machst, versteh ich nicht, wie du zu deinem Kapital gekommen bist.«

Debberitz lachte ein behagliches, sattes Lachen. »Ja, Fritzeken, das is nu sozusagen ne Jemütschose.«

»Solchen Luxus wie Gemütschosen kannst du dir also schon leisten?« fragte Fritz.

»Kann ich, Jungchen – kann ich,« wurde ihm geantwortet.

»Gratuliere!«

Herr Theodor Debberitz strich sich mit der fleischigen Hand, an deren kleinem Finger ein breiter Goldreif mit einem Diamanten blitzte, den hochgedrehten Schnurrbart. »Siehst du, Fritzeken,« begann er zu erzählen, »daß ich Besitzer von Rauschenrode werden wollte – das habe ich mir schon vorgenommen, als ich hier noch auf dem Hof mit nem zerrissenen Hosenboden rumflankierte und meine Mutter in der Küche half. Das war nu immer so eine Phantasie von mir – un dadruff hab ich auch immer hingearbeitet ... Weeßte, so Sonntags nach der Kirche so als Gutsherr durch die Ställe jehn, so mit der Frau Jemahlin am Arm, de seidene Schleppe übern Kies, un de Kinderchens um einen rumspringen – un denn so durch den Park nach de Jräbers von de Vorfahren – un da so nen Kranz niederlegen ... weeßte Fritze, unsereens hat ooch sein Herz in der Brust.«

»Hab ich ja vorhin erst gesagt,« bemerkte Fritz ernsthaft, »du bist ein deutscher Idealist.«

Thete Debberitz nickte einverstanden mit dem Kopf. »Na also, nich wahr, wenn man's doch haben kann ...«

»Gewiß, gewiß,« bestätigte Fritz. »Ich begreife ja auch vollständig, daß man für seine Ideale Opfer bringt ... Aber, Thete, wenn man alles haben könnte, was man sich wünscht, und daneben noch ein ausgezeichnetes Geschäft mache«, das würdest du doch nicht von der Hand weisen? Was? Mit der Landwirtschaft allein ist heutzutage nichts mehr anzufangen, darüber sind wir uns doch beide klar ...«

»Dadruff laß ich mich schon gar nicht ein,« lachte Debberitz vergnügt. »So schlau sind wir hier auch noch, wir alten Europäer. Wenn du aber meinst, ich soll dir meine Pläne verraten – nee, mein Lieber, so dumm sind wir hier ooch nicht.«

»Ganz wie du willst,« meinte Fritz kühl, »ich habe keine Geheimnisse vor dir. Ich gestehe dir ganz offen und ehrlich, daß ich mit dir Hand in Hand gehen möchte, und daß, wenn ich deine Unterstützung finde, ich auch August und meinen Vater für meine Pläne gewinnen werde. Also höre mal zu: die Wasserkraft des Rauschenfalles wird für ein Elektrizitätswerk ausgenutzt, dem August als Direktor vorsteht. Unten im Tal, wo jetzt die magern Haferfelder liegen, erhebt sich bald ein großes Sanatorium, das die Kraft zu seinen elektrischen Bädern und sonstigen Scherzartikelchen aus dem Elektrizitätswerk empfängt. Die Villen des neuen Kurortes gruppieren sich naturgemäß um das Sanatorium. Eine elektrische Bahn unten im Bogen um die Berge und durch Niedernroder Gebiet bringt uns in direkte Verbindung mit der Residenz Langenrode, mit dem dortigen Hof und der Welt. Denn von Langenrode ist man in vier Stunden in Berlin. Diese Sache wird gemacht, ob mit oder ohne deine Hilfe ist mir gleich. Aber gemacht wird sie! Darauf kannst du dich verlassen! Ist auch eine Jemütschose! Und darum werde ich auch meinem Alten nicht erlauben, daß er Rauschenrode jetzt aus der Hand gibt.«

»Du hast wohl noch ein Fräulein van Gould in Aussicht, die dir die Millionen zu deinen Plänen bereit hält?« fragte Debberitz hämisch.

»Ich mache solche Geschäfte mit Männern. Wenn deutsche Kapitalisten sich nicht dazu bereitfinden, so hole ich mir allerdings das nötige Geld aus Amerika. Ich war nicht zehn Jahre drüben, um ohne Verbindungen zu bleiben. Glaubst du, ich bin nach Deutschland gekommen, um bei Muttern mal wieder Maibowle zu trinken?«

Debberitz hatte lauernd zugehört. Jeder von beiden Männern achtete gespannt auf jede Schattierung im Wort des andern, beobachtete aufs schärfste jede Bewegung der Gesichtsmuskeln des Gegners: zwei Kämpfer, die argwöhnisch und listig gegenseitig ihre Kräfte abschätzen, ehe sie auf den Kampfplatz treten, auf dem jeder zu siegen entschlossen ist. Der eine hatte die breite, brutale Wucht seiner Geldsäcke einzusetzen, der andere die geschmeidige Gewandtheit seiner Intelligenz, und hinter beiden lag die Erfahrung von wechselnden Erfolgen und Niederlagen. Debberitz stand schwerfällig aus seinem Stuhl auf und reckte die mächtigen Glieder. »Das klingt allens janz schön,« sagte er in einem wegwerfenden und ablehnenden Tone, »wo der Vorteil herausspringen soll, ist mir noch sehr schleierhaft. Nee, nee, ich will mir mit Rauschenrode eine stille Ruhestätte für meine alten Tage erwerben.«

»Ein Kerl wie du,« sagte Fritz, »und spricht von Ruhestätte für seine alten Tage? Du solltest dich was schämen! Mein alter Herr, der hat ein Recht auf Ruhestätte und auf stille Träume bei den Gräbern der Vorfahren. Dem lassen wir das alte rumplige Schloß, den Park – die Jagd.«

»Sonst nicht noch was?« fuhr Debberitz dazwischen.

»Nein, sonst nichts,« sagte Fritz unbewegt. »Das übrige Terrain kaufst du ihm ab. Du gehörst mitten hinein in deine Gründung. Ich sehe schon die Villa Debberitz sich in der Nähe des Bahnhofs erheben. Kolossal – der Palast der modernen Industrie mit allem Komfort der Neuzeit.«

»Nee, nee,« machte Debberitz, »ihr auf dem Schloß bleibt doch immer die Herrschaft.«

Fritz trat an ihn heran und schlug ihn auf die Schulter. »Komme mir doch nicht mit so abgestandenen Begriffen. Bis deine Villa steht, wird dir ein Flügel im Schloß eingeräumt. Du hast deinen eigenen Diener, nimmst teil an den Mahlzeiten der Familie oder nicht, wie es dir paßt ... kurz, geehrter Gast – Familienmitglied ...«

Debberitz lachte. »Dazu werden sich deine hochmütigen Leute jerade herablassen. Nee, Fritz, alles oder nischt, is mein Wahlspruch. – Du fängst mich nicht mit deinen schönen Vorspiegelungen! Verschafft ihr euch nur euer Kapital zu eurer Gründung von deinen Yankeefreunden. Wollen mal sehen, ob's rechtzeitig eintrifft, wenn ich die Hypothek kündige.«

In diesem Augenblick ertönte ein ängstlicher Schrei, und man hörte eine Frauenstimme rufen: »Ich rutsche ja, halten Sie mich doch, Kunze, aber so halten Sie mich doch!« Fritz war aufgesprungen und eilte der Gegend zu, woher der Schrei ertönte. Zu seinem äußersten Erstaunen fand er auf einem etwas steilen, vom Heuberg niedergehenden Waldpfade, der zudem durch altes, vermoderndes Laub schlüpfrig gemacht wurde, die Prinzessin Karoline, hochrot im Gesicht, mit ganz verängstigten Augen und krampfhaft den Arm des sie begleitenden Lakaien umklammernd. Die korpulente Dame in ihrem falbelreichen lila Seidenkleid war augenscheinlich wenig an Bergpartien gewöhnt und begrüßte Fritz wie einen Retter in höchster Gefahr.

»Ach, mein lieber, junger Freund!« stöhnte sie, »welch ein Glück, daß ich Sie gefunden habe! Ich habe Ihretwegen diese halsbrecherische Partie unternommen! Hörte durch Trinette, daß heute Ihr Geburtstag ist, wollte Ihnen Glück wünschen. Nett von mir, was? Ohne Gefolge durchgebrannt, was sagen Sie?«

»Vorzüglich, Hoheit,« rief Fritz, »wie soll ich für solche Gnade danken?«

Sie hatte ihre Fröhlichkeit schon wieder gewonnen und kicherte jugendlich kokett, indem sie sich schwer auf ihn stützte; trotzdem glitten ihr die Füße aus, und sie mußte, auf der einen Seite von Fritz, auf der andern vom Lakaien halb gestützt und halb getragen, auf der Wiese und auf sicherm Terrain angelangt sein, ehe sie wieder zu Atem kam.

»Nun sagen mir Hoheit,« fragte sie Fritz, »warum Hoheit diesen unbequemen Weg wählen statt des gutgeebneten Waldwegs, der vom Schloß hierher führt, denn ich nehme doch nicht an, daß Hoheit von Nassenstein aus zu Fuß gekommen sind?«

»Ach, was trauen Sie mir zu. Sie junger Springinsfeld,« rief die Prinzessin und erzählte, ihr Wagen warte vor dem Schloß. Dort habe man ihr mitgeteilt, wo sie die Familie finden werde, und so sei sie denn nach dem Wald aufgebrochen. Ein schmaler, moosiger, grüner Seitenpfad, der ihr so viel romantischer geschienen als die breite Straße, habe sie in die Irre gelockt, und so sei sie auf diesen unbequemen Abstieg geraten.

Fritz führte die fürstliche Dame mit der liebenswürdigen Sorglichkeit, die ihm Frauen gegenüber eigen war, nach dem Pavillon und zu einem bequemen Stuhl, in dem sie sich erschöpft und ächzend niederließ.

» *Mon Dieu*, bin ich echauffiert!«

Er neigte sich über ihre Hand und küßte sie ehrfurchtsvoll etwas länger und zärtlicher, als es die Etikette gerade geboten hätte. »Hoheit sehen mich sehr beglückt von so viel unverdienter Gnade,« beteuerte er dabei.

Die Prinzessin Karoline betrachtete mit einem wehmütig komischen Gesichtsausdruck ihren Handrücken, der den Kuß empfangen hatte, nickte ein wenig mit dem Kopf und sagte weich und träumerisch: »Ach Jugend, Jugend!«

Fritz fand es nötig, sie ihren gefährlichen Träumereien nicht zu lange zu überlassen, und fragte, ob er nicht Tante Trinette rufen dürfe, sie müsse sich irgendwo in der Nähe auf der Ameisenjagd befinden. Die Prinzessin aber zog Fritz unbefangen an der Hand auf den Sitz neben sich, hielt die kräftige Männerhand zwischen ihren weichen, warmen Fingern und strich mütterlich zärtlich darüber hin, »nein, nein, lassen Sie Tante Trinette nur, wo sie ist. Ich bin nicht Tante Trinettens wegen gekommen.«

Plötzlich aber blickte sie ängstlich um sich. »Kunze, schnell meinen Umhang, es zieht hier ein wenig! Ach, so wird man gemahnt! Gicht, Rheuma – Trinettens Ameisenspiritus! Ach, man ist eine alte, fette Ruine!« Sie blickte Fritz mit ihren sonst so muntern Augen kläglich und hilfesuchend an, als könnte er sie auf irgendeine Weise von diesem unabwendbaren Schicksal befreien, und er wußte sie nicht besser zu trösten, als indem er sich aufs neue über ihre Hand beugte und noch einen Kuß darauf drückte. Dies schien ihr auch wohlzutun. Sie blickte um sich und bemerkte nun erst Herrn Theodor Debberitz, der seinerseits höchst spannende Augenblicke durchlebt hatte.

Er, Thete Debberitz, stand kaum drei Schritte von einem wahrhaftigen Mitglied seines angestammten Fürstenhauses! Obschon er in Berlin der freisinnigen Partei angehörte und den vorgeschrittensten Grundsätzen huldigte, überfiel ihn dieses Bewußtsein wie ein berauschendes Glück. Was hatte man nicht seinerzeit für Geschichten von der Prinzessin Karoline zu berichten gewußt! Wie oft war nicht ihr Name tuschelnd von Ohr zu Ohr geführt worden unter der tugendsam entrüsteten Bürgerschaft von Langenrode-Hirschburg-Nassenstein. So mischte sich denn in Theodor Debberitz die atembeklemmende Achtung vor dem hohen Range der Dame mit einem pikanten Interesse an ihrer Person. Es war abscheulich, daß er vor Spannung und Erregung ganz verlegen wurde, von einem Fuß auf den andern trat und nicht wußte, ob er sich durch irgendeine Anrede bemerkbar machen dürfe oder bescheiden warten müsse, bis Fritz ihn vorstellen würde.

Indessen ließ dieses Ereignis auch nur wenige Sekunden auf sich warten. Dann legte Fritz den Arm um seine Schultern, zog ihn näher zu der Prinzessin heran und fragte sie, ob er die Ehre haben dürfe, ihr seinen alten Jugendfreund Herrn Theodor Debberitz aus Berlin vorzustellen.

Die Prinzessin nahm die Lorgnette vor die Augen und betrachtete mit der Versicherung, daß sie Jugendfreunde rührend finde, den prächtigen Herrn Debberitz von oben bis unten. Er hatte sich mit strahlendem Gesicht tief verneigt und stammelte als Erwiderung die Entschuldigung, man sei ja sozusagen auf dem Lande. Womit er wahrscheinlich andeuten wollte, daß er bedauere, nicht sofort in Frack und weißer Binde vor der Hoheit erscheinen zu können. »Es muß Hoheit aufs äußerste interessieren,« rief Fritz eindringlich erklärend, »in Theodor Debberitz einen jener Männer kennenzulernen, deren geschäftliches Genie einen großen Anteil hat an dem kolossalen Aufschwunge, den unser Vaterland in den letzten Jahren genommen hat, und der die ganze übrige Welt mit Furcht und Bewunderung erfüllt.«

Hier fand Herr Debberitz, von der Fülle dieses Lobes überwältigt, es an der Zeit, einzugreifen und zu erklären, daß er ein bescheidener Mann sei, obschon er ja manches vor sich gebracht habe. Die Prinzessin aber winkte ihm ab und rief ungeduldig, mit ihren muntern Augen von einem zum andern blickend: »Nicht stören, weiter, weiter! Sehr interessant alles dieses! Handel, Industrie – Industrie ist Trumpf, sagt mein Bruder, der Herzog. Ich bin begeistert, in Ihnen, Herr von Debberitz, einen Vertreter jener Kreise kennenzulernen.«

Theodor Debberitz schmunzelte.

Das Wörtlein »von« gefiel in so naher Verbindung mit seinem Namen seinen Ohren allzu wohl.

Fritz aber sagte: »Hoheit fühlen mit Recht, daß ein Mann, der im Begriff steht, seiner engern Heimat von unermeßlichem Nutzen zu werden und durch ein neues riesiges Unternehmen diese Gegend zu ungeahnter Blüte zu bringen, ihr sozusagen die Goldströme des internationalen Verkehrs zuzuführen, in erster Linie den Adel verdient und sicher auch in nicht allzuferner Zeit von seinem Fürsten für seine immensen Verdienste damit belohnt werden wird.«

»O,« rief die Prinzessin, »immense Verdienste! Gewiß wird mein Bruder, der Herzog, nicht verfehlen ... wenn ich auch selbst natürlich wenig Einfluß habe.«

Es geschah Herrn Debberitz, daß er errötete wie ein junger Bursche, während der Regen von Fritzens Lobeserhebungen sich über sein Haupt ergoß. Noch vor wenigen Minuten würde er diese reklamehaften Anpreisungen als ein plumpes Geschäftsmanöver einfach verlacht haben. Er erkannte sie auch jetzt als ein solches, aber sie eröffneten ihm zugleich neue Ausblicke, die ihm mit einem Male einen ganz neuen Weg für seine Ziele zeigten. Durch die neckische Art, in der Fritz mit der Prinzessin verkehrte, hatte Debberitz ja erst einen Einblick gewonnen, wie es eigentlich unter diesen Leuten herging, wie nahe sie zusammenhingen, wie fest und sicher das Band geschlungen war, das diesen Kreis verband. Nein, nicht indem er die Familie von Kosegarten aus ihrem Besitz vertrieb und sich an ihre Stelle setzte, würde es ihm gelingen, Einlaß in den heiligen Zirkel zu finden, sondern im Gegenteil, im Anschluß an sie, von ihr geschoben und geführt, mit ihr durch tausend Interessen verknüpft und, wer weiß – am Ende gar durch Familienbande verbunden. Alle diese Erwägungen zogen, wenn auch nicht ganz klar formuliert, blitzschnell an seinem Geist vorüber. Und so geschah es, daß er Fritzens Vorschläge in einem andern Licht erblickte und mit einigen Möglichkeiten zu rechnen begann, die ihm bisher noch nicht aufgegangen waren.

Die bei Herrn Debberitz stattfindende innere Veränderung in der Betrachtungsweise von Fritzens Vorschlägen wurde äußerlich von ebendiesem durch eine verlockende, mit den heitersten Farben geschmückte Ausmalung des neuen Weltbades Rauschenrode-Hirschburg-Nassenstein begleitet.

Die Prinzessin zeigte sich begeistert von dem Bilde, das er ihr im Stil eines amerikanischen Reporters entwarf. Sie klatschte in die Hände wie im Theater und tief mehrfach: »Bravo, bravo, bravissimo! Das wird ein anderes Leben hier werden, da werden wir uns amüsieren können. O, man wird Toiletten hier sehen – nicht nur die gehäkelten Tücher der Sommerfrischenmütter. Wir werden doch Kurkonzerte haben, nicht wahr? Könnten Sie nicht eine Rulette aufstellen lassen? Ach, bitte, bitte! Das wär so nett!« »Wer weiß, was alles im Schoß der Zukunft verborgen ruht,« orakelte Fritz munter drauflos.

Debberitz aber sagte ernst und gewichtig: »Hoheit, die Chose ist noch nicht spruchreif. Solche Gründung will überlegt werden. Der Deubel auch! Dabei handelt sich's nicht um einen Pappenstiel.«

»O, Herr von Debberitz,« rief die Prinzessin bittend und die Lippen aufwerfend wie ein schmollendes Kind, »überlegen Sie nicht zu lange! Es wäre süperb, wenn wir nächsten Sommer schon die Kurkonzerte hätten – und ein kleines Jeuchen!«

Sie beugte sich vor, blickte ihn mit einem ihrer koketten Schelmenblicke in die Augen und tippte ihn aufmunternd mit dem Fächer auf den Arm.

Obwohl Prinzessin Karoline dem fünfzigsten Jahre näher stand als dem vierzigsten, rann Theodor Debberitz dennoch bei dieser leichten Berührung ein Schauer der Wonne durch die Glieder. Er bemühte sich, gnädig gewährend und zugleich dankbar beglückt zu lächeln, und sagte mit einem tiefen Atemzuge: »Hoheit können versichert sein, daß Theodor Debberitz alles tun wird, was in seinen Kräften steht, um Hoheits Wünsche zu erfüllen!«

Die Prinzessin schlug mit einem kleinen jugendlichen Jauchzer in die Hände und rief: »Das wird schrecklich ... Nun wird man wieder niemals genug Geld haben!« Sie wandte sich vertraulich zu Fritz: »Ach, Herr von Kosegarten, diese ewigen Geldkalamitäten! Gar nicht nett, gar nicht nett für eine Prinzessin!«

»Begreife ich vollkommen ... Sollte auch niemals einer Dame, wie Hoheit sind, nahetreten. Aber es gibt da eine Abhilfe ...« Und sich zu der Prinzessin niederbeugend, flüsterte er ihr mit dem zärtlichsten Tonfall seiner liebenswürdigen Stimme ins Ohr: »Haben Hoheit schon einmal das Wort »Aktien« gehört?« »Gewiß doch,« rief die Prinzessin stolz, »Aktionäre – Millionäre, ist das nicht etwas Ähnliches?«

»Nun, Hoheit,« sagte Fritz, während Debberitz in ein pruschendes Lachen verfiel, »zuweilen trifft beides zusammen, zuweilen weniger, zuweilen auch gar nicht! Wer aber eine genügende Anzahl der Aktien des Elektrizitätswerkes Rauschengrund sowie des Weltbades Rauschenrode-Nassenstein erwirbt, der, Hoheit, das darf ich wohl mit der Überzeugung eines ehrlichen Mannes behaupten, dürfte dem Millionär um eine beträchtliche Stufe nähergerückt sein!«

Die Prinzessin griff nach Fritzens Arm und drückte ihn in der Freude ihres Herzens ungeniert an ihre Brust. »Lieber Herr von Kosegarten, verschaffen Sie mir von diesen netten Aktien! O, seien Sie lieb, verschaffen Sie mir von diesen netten Aktien, so viel, wie Sie können!«

»Hoheit,« sagte Fritz, »nicht ich bin der Verfüger über diese Aktien. Hier steht der Gründer!« er wies auf Debberitz. »Mein Freund wird dafür sorgen, daß das Wort »Geldverlegenheit« niemals wieder in Hoheits Umkreis genannt werden darf. Thete, was sagst du zu unserer ersten Aktionärin?«

Debberitz strich sich mit sichtlicher Befriedigung den Schnauzbart. »Donnerschlag, nicht übel, gar nicht übel! Bist doch ein ganz jeriebener Hund, Fritzeken!«

»Wo die Prinzessin vorangeht,« sagte Fritz, »da folgt auch der Hof, folgt sicher die Bürgerschaft. Hoheit, dürfen wir auf Ihre Bundesgenossenschaft rechnen? Dürfen wir Sie zu den Mitgründern unseres Projektes zählen?«

Die Augen der Prinzessin blitzten, sie erhob sich mit einem plötzlichen Ruck aus ihrem Sessel und rief begeistert: »Bundesgenossenschaft, süperb! Ich, ich werde Ihre Bundesgenossin sein!« Sie reichte jedem der Männer eine ihrer weißen warmen, ringgeschmückten Hände, Fritz neigte sich über die ihm gebotene und drückte feurig seine Lippen darauf und – Deibel auch – warum sollte Debberitz nicht das gleiche tun?

Er war entschlossen, Fritzens Pläne zur Ausführung zu bringen. Die Prinzessin Karoline war wahrhaftig immer noch eine schöne, verführerische Frau, und wilde Hoffnungen durchwogten die Brust von Theodor Debberitz.

Achtes Kapitel

Am Abend des bedeutungsvollen Tages teilte August den Eltern mit, daß Mimi eingewilligt habe, seine Frau zu werden.

Mimi war lieb und glückstrahlend; nur wenn Fritz anwesend war, konnte sie eine gewisse Befangenheit nicht überwinden. August zeigte sich von freundlicher Herablassung gegen den besiegten Bruder – er war von dieser Zeit an voller Rücksicht auf dessen Wünsche. Es kam ihm sehr gelegen, der Familie seiner Braut nicht als der Stellung suchende junge Mann, sondern als der technische Leiter und Mitgründer einer großen Unternehmung aufzutreten.

Unter dem energischen Einfluß seiner beiden Söhne gab denn auch der alte Herr schließlich seine Zustimmung zum Verkauf der Grundstücke an Debberitz. Sie betrugen etwa drei Viertel des Rittergutes. Er selbst wollte nichts mit der Geschichte zu tun haben. Die Jungen konnten die Sache für ihn abschließen. Als alle Formalitäten des Verkaufs erledigt waren, überredete Fritz mit Hildens Hilfe seine Eltern, zur Besichtigung einer großen landwirtschaftlichen Ausstellung nach München und dann zu einer weiteren Erholungstur nach der Schweiz zu gehen. Die häufige Anwesenheit des Berliner Spekulanten im Schloß zu endlosen Verhandlungen mit Fritz und August, die dann meistens in opulenten Frühstücksmahlzeiten endeten, wäre von den alten Herrschaften doch schwer ertragen worden.

So begann denn ein gewaltiges Schaffen in Rauschenrode, ein Wühlen, Graben und Bauen, das den stillen Waldfrieden jählings zerstörte und an seine Stelle vorläufig nur ein Chaos von Staub, Bauschutt, aufgerissenen Erdflanken und das Gestampfe, Geklopfe und Gedröhne eifrigster Arbeit setzte.

Dabei war Fritz in seinem Element. Er zog durch seine stürmische Energie auch den trägeren Bruder mit sich fort. Erst einmal auf den richtigen Weg gebracht, zeigte sich August, wenn auch langsam in Entschluß und Ausführung, als umsichtiger und kluger Techniker.

Trotz der verschiedenen Temperamente der drei Männer rückten die Bauten gut und schnell vorwärts.

Im Herbst sollte die Tätigkeit des Elektrizitätswerkes beginnen. Die Konzession für die elektrische Bahn hatte man erhalten, denn Herzog und Ministerium des kleinen Bergstaats interessierten sich aufs lebendigste für die Neugestaltung der Dinge in ihrem Ländchen. Das Richtfest des Kurhauses sollte schon im Herbst gefeiert werden.

Mit unglaublicher Schnelligkeit erhob sich der weitläufige Bau aus dem Innern der Erde empor zum Himmelsblau, und die Dorfleute kamen am Sonntag in hellen Scharen aus der ganzen Gegend herbeigeströmt, um das Wunderwerk zu schauen, das mit seinen Türmen und Altanen, seinen Sandsteinpilastern und Karyatiden an den gewölbten Toren das altersgraue Schlößchen Rauschenrode, ja sogar den fürstlichen Besitz Nassenstein an Pracht und Größe weit hinter sich ließ. Das Kurhaus war der Lieblingsbau von Debberitz. In ihm trachtete er alle seine Träume von weltlicher Herrlichkeit zu verwirklichen, und nur er wußte, welch ein gutes Teil seiner so leicht erworbenen Millionen dieser Bau verschlang, bei dem er unter den Augen der Kosegarten den Ehrgeiz entwickelte, zum erstenmal während seiner erfolgreichen Bautätigkeit solide zu Werke zu gehen. Aber er stellte auch sein Licht nicht unter den Scheffel: Jede Woche fand sich in irgendeiner hauptstädtischen Zeitung eine Notiz über den Fortschritt des Baus, über ein scherzhaftes Abenteuer, das der große Berliner Baumeister, der die Entwürfe geliefert, bei seiner Anwesenheit mit einem Harzer Holzweiblein erlebt hatte, über den Wettbewerb unter den bedeutendsten jungen kunstgewerblichen Meistern um die Ausgestaltung der Innenräume, über die Summen, mit denen schon die eingesandten Entwürfe gekrönt wurden. Debberitz kannte seine Mitbürger von Berlin W. Aus zahllosen Familien der reichen Industriellen, der Kaufleute und Bankiers erklangen die Anfragen an ihn, wann man den Feenpalast in Rauschenrode beziehen könne. Man drängte sich um die Vorausbestellung von Wohnungen für die erste Saison, und Debberitz konnte Fritz und August eines Tages freudestrahlend berichten, daß alle Zimmer des großen Baus für Juli und August des nächsten Jahres bereits in festen Händen seien.

Fritz drängte zu einer baldigen Heirat seines Bruders, und August sah die Notwendigkeit der angedeuteten Gründe vollständig ein. Die Verfügung über Mimi Rahlens nicht unbeträchtliches Vermögen gab ihm Debberitz gegenüber eine unabhängigere und würdigere Stellung.

Anfang September wurde Hochzeit auf Niedernrode gehalten, nur die nächsten Nachbarn und die notwendigsten Onkel, Tanten, Kusinen und Vettern waren geladen, im ganzen etwa achtzig Personen. Dann zog Mimi als junge Herrin auf Rauschenrode ein, auf eine Hochzeitsreise verzichtete man.

Für Herrn Theodor Debberitz bedeuteten diese Monate nur eine Reihe großer und kleiner Triumphe.

Zwar, der alte Herr machte auch nach seiner Rückkehr aus der Schweiz noch immer einen weiten Bogen um seine gewichtige Person. Aber Frau Marie begriff, daß sie es Debberitz zu danken hatte, wenn ihr Fritz im Lande blieb. Das stimmte sie milder gegen manchen Taktfehler und gegen die Erinnerung an seine mit ärgerlicher Kleptomanie behaftete Frau Mama. Augusts junge Gattin besaß viel zuviel von dem Instinkt des richtigen Weibes, das die Interessen ihres Gatten von dem Moment an, in dem ihr Ja vor dem Traualtar gesprochen wurde, heftiger vertritt als er selbst. Und diese Interessen waren nun eng mit Theodor Debberitz verknüpft. Alles, was auf dem Schloß an Weiblichkeit versammelt war, beeiferte sich, seine kleinen und großen Lieblingsangewohnheiten kennenzulernen, seinen Eitelkeiten in liebenswürdigster Weise zu dienen. Eine aber gab es vor allen, die seinen Wert nach seinem vollen Maß zu schätzen wußte, das war Tante Trinette. Im ernsten Gespräch wandelte sie mit Herrn Debberitz so manches Mal durch den Taxusgang und um die Parkwiesen, im Morgentau sowohl als auch beim Mondenschein, und ließ sich von ihm in die so gefährlichen wie spannenden Geheimnisse der Börsenspekulation einweihen. Sie, die bisher ihre Ersparnisse am liebsten nach Urgroßmutters Weise in einem Strumpf unter dem Strohsack aufgehoben hätte, vertraute jetzt auf den Rat dieses neuen Führers ihr Geld den merkwürdigsten Industrieunternehmungen an. Sie heimste sehr schnell einige nicht unbedeutende Gewinne ein und war davon wie berauscht. Debberitz fand als Dank abends auf dem Tische vor seinem Bett ein Fläschchen mit Kräutersirup, von den aristokratischen Händen des Fräuleins von Kosegarten destilliert und mit einer von eigener Hand geschriebenen Gebrauchsanweisung versehen. Er versicherte ihr bei jeder Gelegenheit, daß dieser Sirup die ungeahntesten Wirkungen auf seinen Organismus ausübe, und damit hatte er den letzten Rest von Tante Trinettens Herzen gewonnen. In seinem eigenen Herzen aber spielte sich zu der gleichen Zeit ein seltsamer Kampf ab. Er war zweimal von der Prinzessin Karoline in Audienz empfangen worden. Ihre munteren Braunaugen, die von den vornehmsten Parfümen umhauchten Üppigkeiten ihrer Gestalt, die wogenden Seiden und Spitzen ihrer Toiletten übten eine heftige Wirkung auf seine Sinne aus. Es geschah ihm wahrhaftig, daß er nicht nur von Zahlen und Gütererwerbungen träumte, sondern sich selbst und die Prinzessin Karoline in verführerischen und zärtlichen Situationen erblickte.

Nach solchen Träumen voll entzückender Phantasiegebilde beschloß er allen Ernstes bei sich, um die Gunst der Prinzessin Karoline zu werben. Den seit Jahren in Langenrode umgehenden Gerüchten zufolge war sie nicht allzu schwer zu erwerben. Er, Thete Debberitz, der Liebhaber einer Schwester des regierenden Herzogs von Langenrode-Hirschburg-Nassenstein und seines eigenen Landesvaters! Schließlich war es sogar schon häufig vorgekommen, daß eine Fürstin einem Bürgerlichen die Hand zum Ehebund gereicht hatte ... War Theodor Debberitz an diesem Schlußakkord seiner Phantasien angelangt, so befiel ihn jedesmal ein eigenes Zagen, eine dunkle Angst des Plebejers vor der allzu nahen Berührung und Vermischung mit jenen glorienumstrahlten Göttern höherer Sphären, als die ihm die Regierenden von jeher erschienen waren. Ehrenvoll mußte es ja freilich sein, der Gemahl einer Prinzessin heißen zu dürfen ... Aber, du lieber Gott! man lebte nicht von der Ehre allein, man wollte auch seine Behaglichkeit haben. Und so eine Prinzessin ... Donnerschock! – deren Wünsche und Bedürfnisse waren ihm denn doch zu fremd, als daß sie nicht peinvolle Ängste an seinem Geist erregt hätten. Nein, das Behagen – was man so das richtige Herzensglück nennt – worunter Herr Debberitz das Pflegen, Hüten und Umschmeicheln seiner werten Person verstand, das wäre von anderer Seite eher gesichert. Fräulein Hilde hielt sich in mädchenhafter Scheu und zuweilen sogar in trotziger Abwehr vor ihm zurück, er fand es begreiflich genug: sie wollte nicht, daß man ihr nachsage, sie laufe dem reichen Manne nach. Aber wenn bei reiche Mann sich zu ihr hinabneigte und das blutarme, adlige Fräulein zu seiner Gemahlin erheben würde – dagegen würde sie sich doch nicht wehren – nicht wahr? – Dagegen würde sich doch keine wehren! Übrigens blutarm? ... Dem Anschein nach wohl, indessen, ein überlegsamer Mann, wie er war, sah denn doch weiter. Besaß sie nicht eine Tante mit einem, wie er jetzt wußte, sehr beträchtlichen Vermögen, das nur zum kleinsten Teil auf Rauschenrode stand? Wer konnte Fräulein Trinette von Kosegarten hindern, mit Umgehung ihrer nähern Verwandten ihr Geld jener geliebten Nichte zu vermachen, wenn diese und ihr Gatte das alternde Fräulein mit Liebe und Aufmerksamkeit umgeben und ihr an ihrem häuslichen Herd eine Heimat bieten würden? Bei diesen Plänen überkam ihn doch nicht peinliche Angst. Sie konnten doch mit Mitteln, wie er sie bereits lange geübt hatte, gefördert werden. Und erteilte Herr Debberitz Tante Trinette bei ihren Spekulationsgelüsten sehr vorsichtigen und überlegsamen Rat, so geschah das nicht zum mindesten in dem Ausblick auf eine Zukunft, da ihm und seinen Kindern diese Gewinne einmal zugute kommen würden.

Hilde fühlte sich von einem stillen Einfluß umgeben, der sich bemühte, zugunsten von Debberitz zu wirken. Daß auch die Tante Marie sich vorzustellen vermochte, sie passe als Gattin zu Theodor Debberitz, kränkte sie unsäglich. War es nicht der Beweis, wie wenig Frau Marie, der sie in all ihren intimsten Sorgen und Nöten zur Seite gestanden hatte, es der Mühe wert gefunden, nun auch für ihr Wesen eine Art Verständnis zu gewinnen. Hilde empfand es daher mit einem Glück, dessen Heftigkeit sie zuweilen erschreckte, wenn Fritz bei den Unterhaltungen mit ihr, die er entschieden zu suchen schien, ihr mehr von den Erlebnissen und Erfahrungen der verflossenen elf Jahre mitteilte als seinen Eltern. Aber gleich sagte sie sich hart: Wie er Zipperjahn die goldene Uhr schenkte, so gibt er mir ein Stückchen von seiner Weltkenntnis ... gleichsam als Reisegeschenk ...

Einst saßen sie auf einem Hügel, von dem man das in den stillen Wiesen ruhende, von den Waldbergen umschlossene Dorf zu überschauen vermochte. Der westliche Himmelsrand war von schwarzem Wolkengetürm beladen, in fahlen Lichtern zuckte es aus dem Dunkel. Ein Heuwagen rasselte in die Dorfstraße, wo die Leute vor den Türen standen und nach dem Wetter schauten; die Hündchen kläfften, und die Kinder spielten.

»Wie man sich nach so etwas oft gesehnt hat,« sagte Fritz. »So eng und klein, wie das alles hier sein mag – es hat doch einen idyllischen Zauber wie alte Kindermärchen und Großmuttergeschichten.«

»Das Erbe von Jahrhunderten läßt sich auch in dir nicht so schnell verleugnen,« antwortete Hilde nachdenklich.

»Das merk ich heut wie nie zuvor,« gab Fritz zu. »Alte Instinkte und Geschmacksrichtungen wachen in mir auf, ich begreife Papa vollkommen, mit seinem Ärger und Haß gegen unsere Neuerungen. Siehst du, solchen Zwiespalt der Empfindungen, den kennt man in Amerika nicht. Dort zerstört man keine feine, alte Romantik. Die Welt ist für uns Junge da als unsere Beute und unser Eigentum, darum ist der Amerikaner durchschnittlich auch viel einfacher und unkomplizierter in seinem Denken und Empfinden und deshalb auch viel froher. – Ich glaube, Hilde, ich darf nicht zu lange hierbleiben, sonst komme ich aus meinem Gleis und werde ein sorgenvoller Kopfhänger, wie ihr es hier alle mehr oder minder waret, als ich wie eine Bombe zwischen euch platzte.« Hilde fuhr sein Wort wie ein wehtuender Stich durchs Herz. Während sie unter den ersten lauen Regentropfen heimgingen, fühlte sie, daß sie die Erinnerung dieser Stunde sorglich hegen werde in der nahenden Einsamkeit.

Und dann kam eine andere Abendstunde, die das feine goldene Freundschaftsgespinst, das sich zwischen beiden zu weben begonnen, gewaltsam zerriß. Es war in Niedernrode, und Mimi und August sollten am nächsten Morgen Hochzeit feiern. Die Nacht war erhellt von den schwebenden Leuchtkugeln aufsteigender Raketen, von dem Niederregnen tausendfarbiger Funkelsterne, von dem künstlichen Rot und Grün bengalischer Flammen, und die stillhauchende Sommerluft wurde bewegt von dem Geknatter, dem Gezisch und Geprassel wirbelnder Feuerräder, die zu Ehren des Brautpaares auf dem Platz vor dem Niedernroder Schloß abgebrannt wurden. Alle Parkwege waren durchschwärmt von hellen Gestalten, von rauschenden Seidenschleppen, von klirrenden Sporen, blitzenden Epauletten und funkelnden Uniformen, denn manches Pärchen unter der Jugend zog es vor, statt im Gedränge der Gäste und der Dorfleute das Feuerwerk zu schauen oder es mit den ältern Damen und Herren von den Fenstern aus zu genießen, das bunte Geleuchte durch den Schleier der grünen Parkbäume und Büsche in der Ferne aufglühen zu sehen. Schwebende Reihen vom Nachtwind hin und her geschaukelter japanischer Laternen hingen über den Wegen und schwangen sich in farbigen Bogen von Baum zu Baum, von Busch zu Busch. Eine Musikkapelle, die in dem weit geöffneten Gartensaal spielte, streute ihre schmeichlerischen Weisen wie abgerissene Ketten silberner Klangperlen durch die bewegte Mitternacht.

Da war es gewesen, daß Fritz, von Wein und Tanz erhitzt und in einer übermütigen, lustigen Stimmung, von seiner Mutter ausgesandt wurde, um Hilde zu suchen, der Frau von Kosegarten irgend etwas Dringliches mitzuteilen wünschte. Er war auf seinem Streifzug an manchem flüsternden und kichernden Pärchen vorübergekommen, und sein Blut wallte heiß in einer jähen Sehnsucht, das Mädchen zu finden, dessen er noch vor einer Stunde nur in brüderlichem Gleichmut gedacht hatte. Er traf sie endlich auf einer fernen Bank, eine schmale, weiße Erscheinung, die wie ein Nebelstreif aus dem Dunkel leuchtete.

»Hilde?« fragte er leise, sich zu vergewissern, denn sie hielt den Kopf tief gesenkt. Als sie ihn hob, sah er, daß ihr Gesicht von Tränen überflutet war.

»Hilde,« flüsterte er heiß und heftig, »du darfst nicht weinen! Du nicht!« Und er hob sie, mit dem Arm sie umschlingend, von der Bank, küßte ihr die Tränen von den Augen und küßte mit heißem Kuß auch ihren Mund. Er fühlte sie hingegeben sich in seinen Arm schmiegen, fühlte den warmen Mädchenkörper schauern und beben, während sie willenlos ihren Mund seinen Lippen bot und sich von seinem Kuß nicht zu trennen vermochte. Es war eine Sekunde wortlosen Genießens für beide. Dann rissen sie sich voneinander, blickten sich erschrocken an, und Fritz lachte ein wenig verlegen.

»Mama rief nach dir, da versprach ich, dich zu suchen,« sagte er verwirrt, nahm ihre Hand und versuchte sie leise zu streicheln. Sie aber entzog sie ihm hart und schnell.

»Ich komme,« stieß sie mit einem feindseligen Klang hervor und stürmte fliehenden Fußes den dunklen Gang entlang.

Er eilte ihr nach. »Hilde,« bat er an ihrer Seite, »sei mir nicht böse! Es war nur eine wilde Polterabendstimmung.«

»Ich – böse? – Warum sollte ich böse sein?« schluchzte sie heftig auf. »Kann ich mich wundern, wenn ihr denkt, ich sei zu jeder wilden Polterabendstimmung gut genug?« Sie stampfte mit dem Fuß und schüttelte die geballten Hände in der Luft hin und her, während ein Weinen wie ein langer Wehlaut aus ihrer Kehle drang.

»Um Gottes willen, Mädchen!« sagte Fritz leise und zornig, »gebärde dich doch nicht so! Ich habe dir doch in frühern Zeiten manchen Kuß gegeben. Warum hast du dich nicht gewehrt, wenn es dir nicht recht war?«

Sie flüchtete in den Schatten eines Baumes und drückte den Kopf gegen seine kühle Rinde.

»Ich bin ja unsinnig, ich weiß es ja,« stieß sie leidenschaftlich hervor. »Ich bin einmal ein unglückliches Geschöpf. Nimm mich nur, wenn du mich nehmen willst, ich wehre mich ja nicht. – Siehst du, da bin ich!« Sie wendete sich mit einem hastigen Ruck zu ihm, streckte ihm die Hände entgegen und zeigte ihm ihr blasses, tränenbetropftes und in Verzweiflung verzerrtes Gesicht.

»Da bin ich,« flüsterte sie heiser, heiß und feindlich, »die Beute für einen jeden, der mich will. Hörst du denn nicht?«

Mit zusammengebissenen Zähnen, von denen die roten Lippen sich zurückgeschoben hatten, starrte sie ihn atemlos an.

Fritz, plötzlich wieder ernst und ernüchtert, griff nach ihrem Handgelenk, schüttelte es derb, ohne jede Zärtlichkeit. »Bitte, komm zu dir, Hilde, aber schnell, hörst du? Ich habe kein Wort verstanden von dem, was du redest! Das laß dir gesagt sein. Für morgen!«

Sie stand, den Kopf tief gesenkt, wie ein gebändigtes armes Tier unter seiner scharfen Berührung.

»Fritz,« klagte sie leise, »kannst du dir nicht denken, wie es in mir aussieht?«

»Nein,« sagte er hart. »Wie soll ich mich in eure hysterischen Schmerzen versetzen können? Ich habe dich für ein verständiges Mädchen gehalten, und wenn ich dich nicht gern hätte, würde ich dich wohl auch nicht geküßt haben. Im übrigen sollst du in Zukunft nicht mehr über mich zu klagen haben.« Er verbeugte sich kurz und wies ihr mit einer Handbewegung den Vortritt, indem er zugleich andeutete, daß er sie durch seine Begleitung nicht belästigen werde.

»Mama erwartet dich oben im gelben Salon.«

Während Hilde, sich die Augen trocknend, unter den bunten, im Nachtwind schaukelnden japanischen Laternen dahineilte, war es ihr, als ob diese letzte Bemerkung ihres Vetters wie ein Befehl geklungen habe.

... Auch ihm bin ich weiter nichts als die arme Verwandte, die zu jedem Dienst bereit sein muß und sich noch freuen darf, eine gelegentliche Zärtlichkeit des jungen Herrn in Empfang zu nehmen, dachte sie in verzweifelter Verbitterung, und der nahe Abschied von Rauschenrode und von all den Menschen, die sie bisher geliebt hatte, dünkte ihr nun eine Erlösung aus unerträglicher Qual.

Neuntes Kapitel

Zwischen August und Debberitz bahnte sich allmählich eine große Verständigung an, die ihre Spitze gegen den Amerikaner richtete. So nannten sie Fritz unter sich. Die beiden hatten ihre Arbeitsgebiete getrennt und kamen dadurch naturgemäß weniger in Kollision, und seit August als Kapitalist durch das Vermögen seiner Frau an dem Unternehmen beteiligt war, begegnete ihm Debberitz einerseits mit größerer Hochachtung, anderseits kamen ihre Interessen sich dadurch in Wahrheit näher. Fritz hatte kein bestimmtes Feld der Tätigkeit. Er war überall und nirgends – aneifernd, treibend, auf Schäden und Schwierigkeiten hinweisend. So machte er sich oft genug bei beiden mißliebig. Alles ging ihm zu langsam, alle Berechnungen wurden ihm zu kleinlich und knauserig ausgeführt. All die tausend Rücksichten, die von den beiden andern genommen wurden, um wichtige Persönlichkeiten nicht zu verletzen, verhöhnte er als übertrieben und lächerlich. Ja, es war nicht zu leugnen, ein gewisses großsprecherisches Amerikanertum trat neuerdings in seinem Wesen mehr in den Vordergrund, ärgerte seine Familie und ließ die überschwengliche Dankbarkeit, mit der man ihn nach seinem ersten tatkräftigen Eingreifen überhäuft hatte, in den Hintergrund treten.

Endlich kam es zwischen ihm, Debberitz und August zu einer heftigen Auseinandersetzung. Er forderte eine deutliche und klar abgegrenzte Stellung als dritter Leiter des Unternehmens. Er forderte ein bestimmtes hohes Gehalt und bedeutende Tantiemen. Das zu bewilligen war beiden Herren unbequem. Sie erklärten, daß die aus dem Unternehmen zu ziehenden Gewinne durchaus noch nicht so sicher seien, daß man außer den Dividenden, die man den Aktionären zu zahlen haben werde, sich auf ein hohes Gehalt für einen dritten Direktor einlassen könne. In der ersten Generalversammlung der Gesellschaft, die Anfang Oktober stattfand, unterstützten sie Fritz in seinen Forderungen keineswegs mit der Energie, die er erwartet hatte. Und so bewilligte man ihm denn nur die knappe Hälfte dessen, was er wünschte. Debberitz fügte dem mit ihm aufzusetzenden Kontrakt noch einen Paragraphen bei, in dem es der Gesellschaft gestattet war, ihn nach halbjährlicher Kündigung entlassen zu können. Fritz erklärte rundweg, auf diesen Kontrakt nicht eingehen zu können. Er stellte der Gesellschaft anheim, in einem halben Jahr, wenn die Sachen sich mehr geklärt haben würden, auf seine Ansprüche zurückzugreifen und sie in der nächsten Versammlung nachträglich zu bewilligen. Sonst würde er sich sofort von dem Unternehmen zurückziehen. Man nahm diesen Ausweg an, weil man allgemein die Empfindung hatte, daß man seine Tatkraft und seine Geschäftskenntnis jetzt nicht entbehren könne. Es wurden auch Stimmen laut, er werde wohl seine Ansprüche mitder Zeit noch herabschrauben und später besser mit sich reden lassen.

Es war heftig genug zugegangen bei den Debatten, und die Brüder kehrten in einem unangenehmen Schweigen und mit verstimmten Gesichtern aus Langenrode heim.

August äußerte sich zu Frau und Eltern empört über die bei der Generalversammlung zutage getretene Geldgier seines Bruders. Fritz äußerte sich zu niemand, aber während er, amerikanische Gassenhauer pfeifend, im Schloß aus und ein ging, prägte sich ein gewisser kalter sarkastischer Zug immer deutlicher in seinem Gesicht aus.

Er fuhr in dieser Zeit mit seinem Automobil nach Halle, um dort die Verhandlungen mit dem Professor und den zwei Assistenzärzten, die man zur Leitung des Sanatoriums in Vorschlag gebracht hatte, definitiv abzuschließen. Von hier aus telegraphierte er, man möge ihn erst in einer Woche zurückerwarten; da er noch in eigenen Angelegenheiten in Hamburg zu tun habe.

Er kehrte gelassen heiter zurück.

Welcher Art die persönlichen Geschäfte waren, die ihn zu dem Ausflug veranlaßt hatten, erwähnte er zu niemand, aber man war es ja auch nicht gewöhnt an ihm, daß er seine eigenen Angelegenheiten im Kreise der Familie vertraulich durchgesprochen hätte.

Es gab in diesem Jahr eine besonders reiche Pflaumenernte. Die gesamte Weiblichkeit des Schlosses mußte beim Entsteinen helfen. In dem größten, blitzblank gescheuerten Kupferkessel des geräumigen Waschhauses brodelte der braune Pflaumenbrei. Sobald die Tür geöffnet wurde, quoll ein süßer, schwerer Würzduft bis hinauf in die Wohnräume. Das Pflaumenmuskochen war immer eine wichtige Angelegenheit. Die alte Wibekken aus dem Dorfe, die schon seit einem halben Jahrhundert bei allen Wochenpflegen, Kindtaufen, Sterbebetten und beim Pflaumenrühren helfen mußte, stand am Kessel und bewegte mit einem Holzgestell in hingebender Treue unaufhörlich den braunen Brei, um ihn vor dem Anbrennen zu bewahren. Aus dem rosenrot geblümten Kopftuch, in dem sie ihr graues Haar verborgen hatte, blickte das runzlige Greisenantlitz mit seinen trüben, rotumränderten Augen sonderbar genug hervor. Mamsell Wärmchen erschien zuweilen, um diese oder jene seine Zutat an Gewürz und auserlesenen Wallnüssen der Masse im Kessel hinzuzufügen. Auch die junge Herrin kam in Hildens und ihrer Schwiegermutter Begleitung, das Einkochen in Augenschein zu nehmen und mit ihrem Rat zu unterstützen. Mamsell Wärmchen, deren runde Backen wie zwei Pfingstrosen glühten, preßte, sobald sie der jungen Frau von Kosegarten ansichtig wurde, die Lippen zusammen und drückte mit einer störrischen Bewegung das Kinn zurück. Mimi fragte sie liebenswürdig heiter, ob sie wohl getrocknete Apfelsinenschalen mitkochen lasse, sie hätten das immer getan in Niedernrode, es gebe so einen pikanten Geschmack.

»Jedes Haus hat eben seine Gewohnheiten beim Pflaumenmuskochen,« sagte Mamsell in einem scharfen Ton, indem sie vermied, die junge Frau von Kosegarten anzusehen. »Ich kann die Verantwortung nur übernehmen, wenn ich unser altes Rauschenroder Rezept benutze. Nun – nächstes Jahr, da können ja die gnädige Frau alles auf Ihre Weise machen, da bin ich ja denn nicht mehr hier. »Ja,« schloß sie tief aufseufzend, »da bin ich nicht mehr hier.«

»Aber, Wärmchen, was Sie sagen,« rief die Wibekken ganz erschrocken, »Sie werden doch die Herrschaft nicht verlassen?! Wo wollen Sie denn hin?«

»Gott,« sagte die Wärmchen und machte vor Wichtigkeit einen ganz spitzen Mund, »es sind ja so manche Veränderungenhier vorgegangen. Warum sollte ich mich denn da nicht verändern?«

Frau Marie lachte über ihr ganzes freundliches Gesicht. »Ja, was Sie denken, Wibekken, Mamsell Wärmchen ist im Steigen. Sie pachtet mit Schottenmaier zusammen die Wirtschaft im Kurhaus, wenn das nächsten Frühling eröffnet wird.«

Die alte Wibekken ließ vor Schrecken und Staunen den Rührer fast in die kochende Masse fallen. »Nee, is ja woll nich möglich,« schrie sie hell heraus, »wo haben Sie denn dazu das Geld her, Wärmchen? Ich habe mir doch immer sagen lassen, dazu muß eins eine Kantion stellen, oder wie sie das Dings nennen?«

»Nun ja,« sagte Wärmchen zufrieden und strich mit beiden Händen ihre Schürze glatt, eine Bewegung, die bei ihr der Ausdruck höchsten Wohlbehagens war, »man hat sich ja was gespart. Der Herr Debberitz sieht sich schon seine Leute an. Allen und jeden nimmt er nicht. Ach nein. Aber bei mir und Herrn Schottenmaier da geht er ja sicher, auch so was die feine Küche betrifft, geschmeckt hat's ihm ja immer bei uns.«

»Ja, ja. Mamsellchen wird eine einflußreiche Persönlichkeit,« rief Hilde, »und wer weiß, schließlich, wenn sie das Kurhaus einmal zusammen haben, wird Herrn Schottenmaier auch seine Witwerschaft leid, und ihr Myrtenstöckchen gibt doch noch einen Brautkranz.«

Mamsellchen kicherte verschämt. »Es is ja noch noch aller Tage Abend,« gestand sie mit niedergesenkten Augen. »Schottenmaier hat ja schon verschiedentlich solche Andeutungen gemacht, aber ich sage immer: »Erst das Geschäft und dann das Vergnügen.« Man darf den Männern nicht zu viel Avancen machen.«

»Da haben Sie recht, da haben Sie aber sehr recht. Mamsellchen!« rief eine vergnügte Männerstimme, und Fritzens brauner Kopf schaute in die Tür. »Wer ist denn der Glückliche?« fragte er, Mamsellchen mit schelmischen Augen zwinkerndins Gesicht schauend, »dem nicht zu viel Avancen gemacht werden sollen? Doch nicht etwa ich selbst? Mir können Sie schon welche machen, Wärmchen! Ich bin nicht so eingebildet wie die andern Kerls, bei denen Sie sich in acht nehmen müssen. Sie können mich ruhig mal von Ihrem ausgezeichneten Mus kosten lassen, danach hab ich mir elf Jahre lang die Finger geleckt.«

»Ach, was der junge Herr immer für Späße macht!« rief Mamsell Wärmchen und füllte ihm eifrig ein Tellerchen voll auf. Die Damen mußten nun auch kosten. Sie saßen auf der Eimerbank, auf einem umgestülpten Waschfaß, auf einem Holzschemel, und ein fröhliches Plaudern und Scherzen ging zwischen ihnen, zwischen der Alten am Kessel und der purpurwangigen Mamsell Wärmchen hin und wieder. Draußen brauste ein scharfer Herbststurm durch die Kastanienbäume und ließ ihre Blätter im Wirbel über den Rasen tanzen, hier innen war es schön warm und traulich bei dem guten Geruch des Muses. Alte Kindergeschichten wurden erzählt, und die Wibekken wußte zu berichten, wie August und Fritz sich verhalten hatten, als sie auf die Welt gekommen waren, und später, als sie die Masern und das Scharlachfieber durchmachen mußten. Es war so eine behagliche, friedlich frohe Erinnerungsstimmung, bei der ein Tellerchen Mus nach dem andern geschleckt wurde und niemand Lust hatte aufzubrechen.

Endlich wurde Mamsell doch abgerufen, und damit löste sich das ganze Zusammensein. Während Frau Marie sich am Arm ihres Schwiegertöchterchens hielt, um die ausgetretenen Kellerstufen hinaufzuklimmen, geschah es, daß Hilde und Fritz nebeneinander zu gehen kamen.

»Ich weiß nicht,« sagte Fritz plötzlich zu seiner Kusine, »warum du nicht an Mamsell Wärmchens Stelle auf den Gedanken verfallen bist, das Kurhaus zu pachten. An wirtschaftlichen Fähigkeiten dazu hätte es dir doch nicht gemangelt. Es würde mir an deiner Stelle besser behagt haben, als so ein armes Quälholz bei einer launenhaften alten Prinzessin zu werden.«

Hilde lachte. »Die wirtschaftlichen Fähigkeiten hätte ich vielleicht, aber nicht das nötige Kapital, um die Kaution zu stellen. Das hat Mamsell Wärmchen. Woher aber sollte ich es nehmen?«

Fritz blieb stehen und blickte das Mädchen an. »Ich vergaß,« sagte er langsam, ... »Verwandte für jahrelange treue Arbeit zu belohnen, das geht ja wohl gegen die Ehre?«

»Ach, rede nicht so,« sagte Hilde, »ich habe doch auf Rauschenrode eine Heimat gefunden gehabt, und nun – nun wird's ja wohl Zeit, daß ich auf eigene Füße zu stehen komme.«

»Gedankt hat dir, glaube ich, noch keiner von uns ordentlich für alles, was du an unsern Eltern getan hast,« sagte Fritz und hielt ihr seine Hand hin. Überrascht legte Hilde die ihre hinein, und er hielt sie einen Augenblick schweigend mit festem Druck. Sie standen in dem kühlen Steingang, aus den Milchkellern umfing sie ein säuerlicher Geruch. Es war nicht gerade ein schöner oder ein poetischer Aufenthalt, und doch erschien es Hilde, als ob der ganze alte dämmerige Gang sich plötzlich für sie mit einem goldenen Licht erfüllte, und als ob dieser kühle Duft nach saurer Milch und Rahm und Käse süßer zu atmen sei als alle Rosen des Morgenlandes. Sie gingen dann still die ausgetretenen Stufen hinauf und jedes an seine Beschäftigung, aber ein Friede blieb dem Mädchen im Herzen, durch den sie leichter dem Glück entsagen zu können meinte, das sie doch, wie es ihre Überzeugung war, niemals mehr ergreifen würde.

Wo die aufgetürmten Bergmassen sich zu weitem grünen Talgrund verflachten, der sich dann wieder zu einem Ausblick nach den blauen Fernen der Ebene öffnete, stiegen auf einer letzten, hügelartigen Bodenerhebung die Mauern des neuenKurhauses empor. Schon war das Dachgerippe mit sämtlichen muntern Türmchen angelegt. Das Richtfest stand vor der Tür; es sollte mit großem Glanz und Pomp begangen werden. Die herzoglichen Herrschaften hatten ihr Erscheinen zugesagt, sie wollten mit dem Staatsminister und dem Bürgermeister von Langenrode die neugeplanten Anlagen bei dieser Gelegenheit eingehend besichtigen. Es wurde fieberhaft gearbeitet, die Umgebung von häßlichem Bauschutt zu säubern, die im Rohen angelegten Gartenpartien und Wege vor dem breit hingelagerten Gebäude durch eine Fülle kleiner Tannen und Birken, durch schwebende Blumengirlanden und bewimpelte Holzmasten wenigstens anzudeuten und zu einem bunten, fröhlichen Bild zu gestalten. Rechts, nicht allzuweit von dem Kurhaus entfernt, war schon der Grundstein zur »Villa Debberitz« gelegt und weiterhin die Station der elektrischen Bahn durch ein mit Flaggen ausgeputztes, buntes Holzbarackchen wenigstens angedeutet. Links am Abhange des Rauschenberges grüßte das graue Dach des Schlosses aus den breitästigen Wipfeln seiner Parkbäume traulich herüber als ein Nest ehrwürdiger und poetischer Vergangenheit. So drückte sich wenigstens Herr Debberitz Hilde gegenüber aus, als er sie am Tage vor dem Richtfest mit der ältern und jüngern Frau von Kosegarten zu den neuen Anlagen führte, ihnen die festliche Ausschmückung zu zeigen. Er war voll zufriedenen Eifers, strahlend von schlecht verhehlter Wichtigtuerei, während er in seiner Hand die Rollen seiner Baupläne wie einen mächtigen Feldherrnstab schwang. Zwei Arbeiter mußten die riesigen Zeichnungen halten. Er stand breitbeinig davor und wies mit der Silberkrücke seines Stockes auf diese und jene besonders bedeutungsvolle Einzelheit.

»Hören Sie auf,« rief Frau Marie lachend und schüttelte sich in ihrem alten, etwas mottenzerfressenen Pelzkragen, »mir schwindelt der Kopf schon von all den Modernitäten! Ich hätte keinen Augenblick Ruhe vor irgendwelchen Explosionen, Kurzschlüssen, eingeklemmten Fahrstühlen und andern solchen Freuden.«

Debberitz lächelte mitleidig. »Jnädiges Fräulein,« sagte er bedeutungsvoll zu Hilde, »finden Sie nicht auch, daß meine zukünftige Gemahlin es jut haben wird, in diesem Toilettenzimmer, wo jeder ihrer Wünsche durch einen Fingerdruck auf einen Knopf zu befriedigen ist?«

Hilde lachte kurz auf. »Wenn Sie nun einmal eine Frau bekommen, Herr Debberitz,« rief sie lustig, »die sich aus allen solchen Sachen gar nichts macht und sich im Hof am Brunnen die Hände wäscht? Was dann?«

Debberitz wagte einen bewundernden Blick. »Jnädiges Fräulein! – Ich würde nur eine Frau nehmen, die wie eine Königin zu herrschen versteht! Ja, das würde ich tun – das können Sie mir jlauben!«

»Ich glaube es Ihnen ja, Herr Debberitz,« rief Hilde unbehaglich, »ich bin von Ihrem guten Geschmack fest überzeugt!«

»Seht, dort kommt Fritz im Ponywagen,« unterbrach Frau von Kosegarten das gefährlicher werdende Gespräch, »wohin mag der wollen?«

Fritz kutschierte das leichte Korbwägelchen und fuhr in behendem Trab über den freien Platz.

»August schickt mich nach Brottendorf, der Schmied hat ihn wieder im Stich gelassen! Hilde, willst du mitfahren? Dann nehmen wir den Weg durch den Dietrichsgrund.«

»Aber natürlich will ich,« rief Hilde überrascht; es war ihr in dem Augenblick noch mehr darum zu tun, Debberitz zu entgehen, als mit Fritz zu fahren. Eine betäubende Angst vor einer von ihr geforderten Entscheidung ergriff sie. So sprang sie denn mit ganz unnötiger Hast auf das leichte Gefährt zu. Fritz reichte ihr die Hand hinunter, sie setzte den Fuß auf den kleinen Tritt und schwang sich auf den schmalen Sitz neben ihren Vetter, noch ehe jemand von den andern recht zur Besinnung gekommen war.

»O, jnädiges Fräulein,« rief Debberitz, »das ist aber gegen die Verabredung! Ich wollte Ihnen doch die ganze wirtschaftliche Einrichtung noch zeigen!«

»Ein andermal, Herr Debberitz,« rief Hilde von ihrem gesicherten Platz herunter mit fröhlichem Spott, »wir haben ja noch viel Zeit vor uns!«

»Dem hab ich einen Strich durch die Rechnung gemacht,« rief Fritz vergnügt, als sie durch das Tal rollten, wo auf den fahlgewordenen Herbstwiesen die lila Zeitlosen blühten. »Man darf dem edlen Herrn die Eroberung nicht gar zu sehr erleichtern. Findest du nicht auch?«

Hilde lächelte schwach und wurde dabei sehr rot. »Ich höre nur von allen Seiten, daß ich sie ihm unnötig erschwere,« sagte sie, die Schultern leicht schaudernd in die Höhe ziehend.

»Ekelhaft!« rief Fritz und knallte wie ein Knabe zornig mit der Peitsche.

»Aber, Fritz,« meinte Hilde begütigend, »es sind doch deine Verwandten, die mich Herrn Debberitz gönnen.«

»Eben, weil es meine Verwandten sind,« knurrte er, »darum ist es mir doppelt und dreifach ekelhaft, ihr Gehabe und Getue um diesen Kerl mit anzusehen!«

Hilde lachte hell. »Du bist köstlich in deinem Zorn! – Wer hat denn diesen Kerl in die Familie eingeführt? – Bitte, mein Lieber, gib Antwort! Wer hat ihm denn seine jetzige Stellung verschafft?«

»Nun, ich natürlich,« grollte er, »das weiß ich, deshalb brauchst du mich nicht so spöttisch anzugucken. Konnte ich auch nur ahnen, daß meine liebe Familie so jedes Unterscheidungsvermögen über Bord werfen würde?«

»Sie sind berauscht vom Geist der neuen Zeit,« sagte Hilde nachdenklich. »Er wirkt auf sie wie ein Gift, das taumeln machtund die Besinnung raubt. Du hast ihnen eine zu starke Dosis auf einmal davon zu kosten gegeben. Du freilich bist daran gewöhnt und bist des neuen Geistes Meister geblieben.«

»Hilde, höre auf,« rief Fritz, »du sprichst mir allzu klug, du stempelst mich ja geradezu zum Verbrecher und Unheilstifter, und weißt du, manchmal komm ich mir selbst so vor!« Er hielt am Eingange des Tales, wo die Straße in den waldigen Dietrichsgrund einbog, und blickte auf die zerwühlte, zerrissene, durch die halbfertig in die Luft ragenden Bauten und die Arbeiterkantinen jedes friedlichen Zaubers beraubte Landschaft zurück. »Wie abscheulich sieht das aus und ist doch erst der Anfang ...«

Über Hildens feines bräunliches Gesicht und durch ihre goldig schimmernden Augen ging ein wehmütiger Glanz. »Kennst du nicht die Sage von den großen Baumeistern alter Zeiten, die ein lebendiges Kind in den Grundstein einmauern mußten, damit ihr Werk Bestand hatte, und erst auf dieser Leiche konnten die stolzen Zinnen hinaufwachsen?«

»Das ist ein schauerlicher Vergleich, Hilde ... Und doch hat er etwas Wahres.«

Sie saßen eine Weile schweigend nebeneinander und fuhren in den engen Grund hinein, wo sich zu beiden Seiten die Berglehnen, mit mächtigen Buchen bestanden, steil emportürmten. Golden und kupferbraun schimmerte das Laub, und die Ebereschen zur Seite des Wegs standen wie Korallenbäume in Purpur und Karmin, bis zu seltenem Erdbeerrot und Blaßrosa abgestuft, das Scharlach der Fruchtbüschel zwischen dem feinen, in so märchenhafter Pracht glühenden Gefieder. Auf einer Felsenwand, der sie gerade entgegenfuhren, erhoben sich einzelne dieser roten Bäume, von der sinkenden Sonne beschienen, wie aufzüngelnde Flammen. Sie sahen beide um sich und freuten sich der Schönheit, während die Luft herbstscharf ihre Wangen umwehte. Fritz fuhr langsamer, indem sie tiefer und tiefer eintauchten in die wundersame Farbenpracht der Bergeseinsamleit. Auf die Waldwiese zwischen die feinen roten Bäumchen traten braune Rehe, hoben den Kopf, witterten ängstlich hinüber nach den im Grunde Fahrenden und ästen dann friedlich weiter. Fritz lächelte, und sie blickten einander in die Augen in gemeinsamer Freude, die sie sich mit jähem Griff aus dem alltäglichen Leben gestohlen hatten.

Dann kamen sie auf den morgigen Tag zu sprechen, was man davon erwartete, und auf den sichtbaren Stolz, der August und Mimi beseelte über das schnell Erreichte und über alles, was noch in Aussicht war.

»Glaubst du nun eigentlich ehrlich,« fragte Hilde, »daß die Sache Bestand haben wird?«

»Aber gewiß!« rief Fritz energisch. »Sicherlich! Das kühnste Wagnis glückt, wenn die Bedürfnisse der Zeit ihm entgegenkommen. Millionen und Genie sind verschwendet, wenn sie sich dem Geist der Zeit entgegenstellen oder ihm zu weit vorauseilen!«

»Du bist so philosophisch heute,« meinte Hilde.

»Fällt mir eben auch auf,« rief Fritz. »Sehr bedenklich! Philosophie kommt bei mir immer an die Reihe, wenn mich ein Unternehmen nicht mehr interessiert!«

»Aber Fritz, du willst doch nicht sagen ...?«

»Siehst du,« begann Fritz behaglich, »die Sache hier ist in die richtige Bahn geleitet, die besten Leute sind gewonnen, die Aktien steigen ... Das andere, so die tägliche Arbeit, das werden August und Debberitz schon leisten... Was soll ich noch hier? – Ich störe sie nur.«

Hilde sah erschrocken zu ihrem Vetter auf. In seinem schmalen, harten Gesicht mit den festen, regelmäßigen Zügen lag eine ruhige Entschlossenheit, und sie wußte plötzlich, daß er ihr in kurzer Zeit ins Unbekannte entschwinden werde, wie er aus dem Unbekannten vor ihr aufgetaucht war. Und indem sie leise sagte: »Fritz, du willst gehen,« war in den still gesprochenen Worten doch etwas von dem Erzittern ihres Herzens.

Fritz blickte sie nicht an, sondern sah ins Weite. »Du gehst ja auch,« antwortete er mit einer sonderbaren Betonung, deren Sinn sie nicht verstand.

»Ja, ich gehe,« wiederholte sie mechanisch, »ich muß wohl gehen. Das Haus hat zwei neue Herren, der eine liebt mich zuwenig, der andere liebt mich zuviel ... Übrigens kann es ja auch sein, daß ich gerade deshalb bleibe. Wenn ich klug wäre ... Ach,« sagte sie plötzlich ganz mut- und hoffnungslos, »es ist ja alles gleich, was ich auch wähle, das eine ist mir so abscheulich wie das andere. Ich habe keine Entschlußfähigkeit mehr. Mein Leben ist doch einmal aus den Fugen.«

»Dann renke es wieder ein und laß es nicht vollends aus den Fugen gehen,« sagte Fritz hart.

Das Mädchen wandte mit einer gequälten Bewegung den Kopf hin und her, als litte sie unerträglich. »Du hast gut reden. Was weißt du von meinem Leben! Es ist ja auch nichts davon zu sagen, so oder so bleibt es ein törichtes und häßliches Flickwerk.«

Fritz gab einen unwilligen Ton von sich. »Herrgott, Hilde, du hast mich vorhin einen Meister genannt ... ich wollte, ich könnte auch dir etwas mehr Meisterschaft beibringen. Aber ihr deutschen Mädchen habt alle zuviel Gefühl und zuwenig Mut. Darum bleibt ihr so im Dumpfen, Unsichern stehen.«

»Wir meinen eben,« sagte Hilde melancholisch, »Gefühl haben sei Pflicht und Mut sei Frevel.«

Fritz hob den Kopf und heftete die Augen mit einem scharfen eindringlichen Blick auf seine Kusine. »Mir ist eine mutige Frau das Höchste auf der Welt,« sagte er ernst.

Aber Hilde klagte: »Mir nützt kein Mut mehr, ich wüßte nicht, wo ich ihn gebrauchen und was ich mit ihm anfangen sollte!«»Ha,« rief Fritz, »wozu man ihn gebrauchen soll? – Das zeigt uns schon die Stunde, die Notwendigkeit! Wenn etwas unerträglich wird, entschlossen Feuer an die Schiffe legen und den Sprung ins Dunkle wagen!«

Hilde hatte ihm zugehört, den Kopf gesenkt, die Arme vor sich hingestreckt, die Hände zwischen den Knien fest gefaltet. Jetzt hob sie den Blick und sah ihn mit großen Augen an. »Für das Wort dank ich dir! Den Sprung ins Dunkle wagen – das wäre vielleicht das einzige ...«

Sie senkte den Kopf wieder und blickte in tiefem Sinnen vor sich hin. Er störte sie nicht. Er fühlte, daß hier über ein Leben entschieden wurde.

Nach einer Weile sagte er ruhig: »Du hast mich nicht mißverstanden, Hilde, nicht wahr?« Sie schüttelte hastig den Kopf, bittend, als möge er Schonung üben und nicht mehr an diese schweren Dinge rühren. Sie hatten auch bald ihr Ziel erreicht, und auf dem Rückweg sprachen sie nur Gleichgültiges.

Zehntes Kapitel

Schottenmaier unterwies Zyprian, wie er sich bei der Bedienung der hohen Gäste zu verhalten habe. »Du machst so gewissermaßen dein Examen,« belehrte er. »Wenn ich gehe, hast du einen schönen, sichern Posten für Lebenszeit, bei dem man auch etwas erübrigen kann. Das siehst du doch an mir.«

Zipperjahn nickte und zeigte ein breites Grinsen auf seinem freundlichen, roten Gesicht. »Sie werden 'n mächtiger Mann, Herr Schottenmaier, wenn Sie erst das Kurhaus haben,« sagte er ehrfurchtsvoll. »Ja, wenn man so denkt, was Herr Debberitz hier jetzt bedeutet. Das ist doch noch gar nicht so lange her, als den der Herr von Kosegarten ein Mistvieh schimpfte.«»Zipperjahn,« sagte Schottenmaier, »daran hast du dich nicht mehr zu erinnern. Es ist manches Mal jut, man hat nicht zu viel im Gedächtnis, hörst du wohl?!«

Die Tür wurde hastig geöffnet, Fräulein Trinette rauschte atemlos herein. Die Schmelzbehänge ihrer ehrwürdigen Samtmantille wogten und knisterten um sie her, der beste Spitzenhut ihrer Schwägerin thronte würdig über ihren glatten Scheiteln. Ein Parfüm von Naphthalin und ungelüfteten Stuben umwehte die vornehme Erscheinung.

»Aber, gnädiges Fräulein,« rief Schottenmaier erschrocken, als er sie erblickte, »die Wagen mit den andern Herrschaften sind schon längst fort!«

»Ja, ich habe mich verspätet,« gab sie zu, »ich werde die Rede des lieben Herrn Oberpfarrers verfehlen. Aber Herr Debberitz klagte heute morgen über Schmerzen im Rücken, ich habe ihm schnell noch etwas Ameisenspiritus abgegossen. Auch trug ich eine Tasse Erdbeertee in seine Stube und stellte sie in die Ofenröhre, damit sie warm bleibt. Die Gesundheit dieses prächtigen Mannes ist für uns alle von der größten Wichtigkeit. Die Wagen sind also fort? Nun, da werde ich wohl gehen müssen. Schlimm, schlimm, es ist kalt und windig. Wissen Sie nicht, Zyprian, ob die gnädige Frau ihren Muff genommen hat?«

»Nein,« sagte Zyprian, »der hängt draußen in der Garderobe.«

»Nun, da bring ihn mir, mein Knabe,« sagte Fräulein Trinette mit gütigem Lächeln. Und als sie ihn entgegengenommen hatte, entfernte sie sich mit huldvollem Kopfnicken. Der Sturm ergriff ihre Samtmantille und blähte sie wie ein großes, schwarzes Segel, so daß sie, einer majestätischen Trauerfregatte gleich, über den Kiesplatz dahinflog. Schottenmaier aber hob bedeutungsvoll den Finger. »Zipperjahn,« sagte er mit schlauem Lächeln, »die Aktien steigen. Man merkt's am Ameisenspiritus!« Wieder öffnete sich die Tür, diesmal behutsam, und Mamsell Wärmchen steckte den Kopf herein. »Schottenmaier, hören Sie die Glocken? Die Kirchenglocken läuten!«

Schottenmaier öffnete das Fenster, der Wind trug einzelne verwehte Glockentöne herüber.

»Dann hat die Feier schon begonnen,« sagte er.

Wärmchen faltete die Hände und lauschte andächtig. »Schottenmaier,« sagte sie so gerührt, daß ihr die Tränen über die Backen liefen, »hören Sie doch nur! Ach Jott, wie erhebend! Schottenmaier, wenn man so denkt, das ist nun das Richtfest für unser Glück.«

Schottenmaier stand würdig neben ihr und bemerkte philosophisch: »Der eine geht, der andere kommt, das ist der Lauf der Welt. Wenn die alte Herrschaft hier oben auszieht, dann ziehen wir unten ein.«

»Wenn der liebe Gott so will, Schottenmaier,« ergänzte Wärmchen, die in solchen feierlichen Augenblicken unbewußt den Ton von Frau Marie von Kosegarten anzunehmen pflegte.

Man war noch in eifrigem Schwatzen über alle Veränderungen, die im Schlosse vor sich gegangen waren, als man einen Wagen rollen hörte. Zipperjahn stürzte hinaus, um Blaffke zu rufen, erschien aber gleich wieder und berichtete, es sei nur die junge Frau und Herr Fritz, und er solle Fräulein Hilde rufen. Diese eilte verwundert ins Wohnzimmer und fand Mimi blaß, mit geschlossenen Augen im Lehnstuhl liegen, während der Schwager ihr ein Tuch, dem ein scharfer Duft nach Eau de Cologne entströmte, auf die Stirn hielt.

»Es ist ihr unwohl geworden bei dem langen Stehen in der Kälte unter den vielen Menschen,« sagte Fritz erklärend.

»Du hättest nicht mitgehen sollen,« schalt Hilde, »du weißt doch, daß der Arzt dir gesagt hat, du müßtest dich sehr schonen.«

»Ach,« klagte Mimi, »August wäre doch zu unglücklich gewesen, wenn ich nicht hätte an der Feier teilnehmen können. Es ist mir so schrecklich peinlich, daß Fritz mich beinahe tragen mußte.« Sie blickte mit ängstlich verstörten Augen von einem zum andern. »Glaubt ihr, August hat es bemerkt, daß Fritz mich fortgeführt hat? Bitte, Fritz, tu mir den Gefallen und kehre gleich wieder um.«

Die Besorgnis vor der üblen Laune ihres Gatten prägte sich so deutlich auf dem blassen Gesicht ab, daß Fritz ärgerlich antwortete: »Beruhige dich, Mimichen. Wenn August verdrießlich wird, so schicke ihn nur zu mir, dann werde ich ihm einmal den Standpunkt klarmachen.«

»Um Gottes willen!« rief die junge Frau erschrocken. »Ich habe schon genug von seiner Eifersucht zu leiden. Er findet deinen Ton gegen mich zu frei. Ach,« seufzte sie, in die Verzagtheit verfallend, in die die beginnende Mutterschaft die Frau häufig versetzt, »daß doch alles Glück so schwer erkauft werden muß!« Hilde nötigte sie freundlich, sich niederzulegen, versprach sie rechtzeitig zu wecken und kehrte dann schnell ins Wohnzimmer zurück.

Sie fand Fritz, der Mantel und Hut abgelegt hatte, vor dem Ofen stehen, um sich die Hände zu wärmen. Seine schlanke Gestalt erschien in dem Gesellschaftsanzug mit der weißen Krawatte noch schlanker und magerer als sonst.

»Du noch hier?« fragte sie verwundert.

»Warum nicht?« sagte Fritz. »Man braucht mich dort nicht.«

Hilde legte beide Hände an die Schläfen, als fühlte sie einen Schmerz.

»Man braucht dich dort nicht, wo du die Seele des Ganzen bist? ...« wiederholte sie.

»Aber, Hilde,« sagte Fritz, und der freundliche Ton seiner Stimme widersprach dem Ernst, der in seinen Augen und über seiner Stirn lag, »du bist ein kluges Mädchen und weißt nicht, daß die, die am meisten geschuftet haben, bei Grundsteinlegungen und Einweihungen die allerüberflüssigsten Personen sind? — Da kommen andere dran — nach dem alten Gesetz der Arbeitsteilung ... Nein — ernsthaft gesprochen — ich erkenne täglich mehr, daß ich im Wege bin in diesem »Hause meiner Väter«. Na — irgendwo in der Welt wird sich schon ein Plätzchen finden, wo ich mich wieder mehr daheim fühlen werde ...« Er lächelte humoristisch zu dem Mädchen hinüber. »Nur nicht schwerfällig werden ... Wenn eine Hoffnung sich nicht erfüllt, steht gleich eine andere vor der Türe.«

»Deine Mutter würde es schwer verwinden, wenn du wieder gingest,« meinte Hilde.

Fritz zog die Brauen hoch. »Es war ihr eine große Freude, daß ich kam, es war ihr vielleicht notwendig, aber längere Gefühlsaufregungen sind gar nicht zuträglich für alte Leute. Wenn ich wieder fort bin, wird die Erinnerung an mich sich weit besser ihrem täglichen Leben einfügen, als es meine Gegenwart tut. Was ich hier wollte, hab ich ja schließlich erreicht, habe meinen alten Herrn von der Sorge um das Gut befreit – na, und wenn man fühlt, daß man seine Arbeit getan hat, so soll man sich schnell davonmachen.«

Im Hofe tönte das Rollen von Wagen.

Hilde lief ans Fenster. »Sie kommen! Die Eltern steigen eben aus! Da werden die herzoglichen Herrschaften auch gleich hier sein!« Sie reckte sich seufzend auf. »Du wirst dir deine Fluchtabsichten noch überlegen,« sagte sie zu ihrem Vetter, indem sie sich beide hinunterbegaben.

Er lächelte und antwortete nicht.

Der Gartensaal sah heute, ehe er für die Wintermonate geschlossen wurde, zum letztenmal noch eine große, glänzende Versammlung zwischen seinen blumigen Tapeten. Die Herzogin, eine schmale, schlanke Frau mit müden Augen und einem kleinen, feinen Mündchen, die stets bestrebt war, den Altersunterschied zwischen sich und ihrem Gemahl durch ernste Würde der Haltung zu verringern, saß mit der alten und der jungen Frau von Kosegarten und Prinzessin Karoline am Kamin. Riesige prasselnde Buchenscheite strömten eine wohlige Wärme auf die arg durchfrorenen Damen aus, und heißer Tee, dampfender Punsch wurden mehr begehrt als der eisgekühlte Sekt.

Prinzessin Karoline hatte Fritz an ihre Seite gewinkt. Er lehnte sich an den Pfosten des Kamins und plauderte mit ihr in jener neckisch galanten Weise, die Prinzessin Karoline stets so anmutig an ihre glorreichen Wiener Tage erinnerte.

»Sie müssen uns oft aufsuchen, wenn Ihre Kusine erst bei mir ist,« flüsterte sie, sich nahe zu Fritz hinüberbeugend, so daß das fürstliche Parfüm gleich einer schweren Duftwelle zu ihm aufstieg. »Ich plane kleine Teeabende, vielleicht ein Spielchen, o, ganz harmlos, ein Whist oder dergleichen. Sie müssen noch ein paar junge Leute mitbringen, ich sehe gern Jugend um mich. Nett, sehr nett, was? Wir wollen recht lustig sein.«

Fritz verbeugte sich zustimmend. »Ich weiß nicht,« sagte er etwas zögernd, »ob Hoheit den Charakter meiner Kusine ganz richtig beurteilen.«

Die Prinzessin kicherte. » *Mon cher ami.* Sie wollen doch nicht etwa auch unter die ernsten Warner gehen? Ihre Kusine wird nicht prüde und nicht albern sein, *superbe*, das gefällt mir gerade. Dort sehe ich sie eintreten, bitte, rufen Sie sie zu mir.«

In der Mitte des Saals sprach der Herzog mit August und Debberitz. Er zeigte sich interessiert für alle Einzelheiten ihrer Pläne. »Sie haben Erstaunliches geleistet, meine Herren,« rief er mit seiner seinen, hohen Stimme, »ganz außerordentlich, ganz außerordentlich!«

»Hoheit,« begann Debberitz und legte die Hand auf sein tadelloses, weißes Vorhemd, »fürs Vaterland, fürs angestammte Fürstenhaus ...«

Der Herzog lächelte ihm gnädig zu. »Gewiß, gewiß! Die Ideale sind treibende Kräfte! Wann wird die elektrische Bahn dem Betrieb übergeben werden können?«

»Ich denke in ein bis zwei Jahren,« bemerkte August.

Die Herzogin wandte sich ein wenig zur Seite in ihrem Lehnstuhl, um den Herren zuzuhören. »O, das ist gut, das ist sehr gut,« sagte sie erfreut, »beschleunigen Sie den Bahnbau so viel als möglich. Der Weg von Langenrode nach unserem Lustschloß Nassenstein ist so beschwerlich für die armen Pferde.«

»Der Wunsch einer hohen Frau wird uns zu fiebernder Eile antreiben,« sagte Debberitz, erstaunt, daß ihm diese pathetische Phrase so gut gelungen war. Die Herzogin neigte mit freundlichem Dank das kleine Köpfchen, auf dem ein noch kleinerer Hut aus Goldgespinst und Zobel sich in das farblose dünne Haar schmiegte. »Wir werden einen Salonwagen haben?« fragte sie liebenswürdig.

Debberitz verbeugte sich. »Selbstverständlich, Hoheit. Ahorntäfelung mit blauen Samtpolstern!«

»Ahornholz mit blauen Samtpolstern,« wiederholte die Herzogin müde. »Scharmant, ganz scharmant!«

Ein Kammerherr war inzwischen auf den Herzog zugetreten und hielt ihm zwei Lederetuis entgegen. Der Herzog ergriff das eine, drückte auf den Knopf und entnahm ihm einen Orden. Das diskrete Stimmengeschwirr, das bisher den Saal erfüllt hatte, verstummte plötzlich. Die stattlichen Gestalten des Oberpfarrers und des Bürgermeisters, der weißlockige Staatsminister und mehrere andere Herren des Gefolges gruppierten sich unauffällig und doch mit der sicheren Gewöhnung, solchen Szenen das nötige Dekorum zu verleihen, im Halbkreis um den hohen Herrn. Auch die neue Haushofmeisterin, die Baronin Leuchtenberg, die die Herzogin heute begleitet und die bisher mit Herrn von Kosegarten im Gespräch gestanden hatte, näherte sich, um mit dem Herrn des Hauses Zeuge des kommenden Ereignisses zu werden. Der Herzog wandte sich zu August und Debberitz. »Meine Herren!« begann er mit seiner schüchternen Stimme, »als einen Beweis, wie sehr ich die Verdienste tüchtiger Männer um das Herzogtum zu schätzen weiß, verleihe ich Ihnen, Herr Direktor von Kosegarten, und Ihnen, Herr Theodor Debberitz, meinen Hausorden zum Weißen Hirsch.«

Er überreichte August den Orden, entnahm dem zweiten Kästchen, das der Kammerherr ihm geöffnet entgegenhielt, ein anderes Exemplar und legte es in die Hand von Debberitz. Die beiden Männer empfingen die Auszeichnungen mit tiefen, stummen Verbeugungen.

Da rief Prinzessin Karoline laut und enttäuscht zu Fritz hinüber: »Ja, bekommen Sie denn keinen Orden? Das finde ich gar nicht nett.«

Fritz lachte. »Hoheit,« sagte er munter, »ich fühle mich in diesem Augenblick durchaus als freier Amerikaner!«

Der Herzog zog, peinlich berührt, die Schultern leise fröstelnd in die Höhe. »Sie bleibt doch eine ewige Gene,« flüsterte er ärgerlich der Herzogin zu. Die gewandten Hofleute der Umgebung begannen, um den fatalen Zwischenfall vergessen zu machen, ein lebhaftes Geplauder. Der Herzog aber wandte sich huldvoll im Gespräch zu Fritz: »Ich höre, Sie wollen sich wieder im alten Vaterlande seßhaft machen.«

»Das ist ein Irrtum,« sagte Fritz kurz und kühl. »Wenn ich ehrlich sein will, der Boden brennt mir schon wieder unter den Füßen.«

»So, so,« bemerkte der Herzog etwas verstimmt. »Abenteuerlust? Läßt sich nicht überwinden?«

»Wer der Heimat so lange entfernt blieb,« warf die Herzogin begütigend ein, »findet sich wohl schwer wieder in ihr zurecht.«

»Man hat zu scharfe Augen bekommen für ihre Verbesserungsbedürftigkeiten,« sagte Fritz. »Weil unsere Liebe nicht mehr blind ist, wird sie uns überhaupt nicht mehr geglaubt. Und so entdeckt man bei der Rückkehr in die Heimat oft erst, daß man wirklich heimatlos geworden ist.«

»Ein trauriger Zustand,« flüsterte die Herzogin bedauernd. »Wie man's nimmt,« sagte Fritz gleichmütig, »wir haben unsern Stolz, und ich denke, wir haben auch unsere Mission, wir Heimatlosen. Was wäre Deutschland ohne seine verlorenen Kinder?«

»Es liegt etwas Wahres in diesem Ausspruch,« meinte der Herzog nachdenklich, aber ...« und er hob ablehnend die Hand, »eine bedenkliche Wahrheit.«

»Wahrheiten sind immer bedenklich, Hoheit,« sagte Fritz mit gleichmütigem Lachen.

»Gestatten, Hoheit,« mischte sich Debberitz ins Gespräch, »er ist uns zu wild mit seinen Projekten, das ist die Geschichte. Wenn wir alle seine Yankeeabenteuer nicht hier ausführen wollen, dann wird er bissig, und predigen wir dem Herrn Vernunft, da will er uns die Chose vor die Füße werfen.«

Der Herzog blickte zerstreut im Kreise umher. Er blieb nicht gerne lange bei einem Thema. Die derbe Gereiztheit, die ihm aus dem Ton dieses gewaltigen Mannes entgegentönte, erregte ihm beinahe Furcht.

»Nun, da halten Sie nur als Gegengewicht zu den fremden aufreizenden Einflüssen fest an einer soliden deutschen Gesinnungsart,« sagte er, das Gespräch abschließend, zu Debberitz.

Er näherte sich darauf der Herrin des Hauses, der älteren Frau von Kosegarten, mit der zu plaudern seine offiziellen Pflichten ihm bisher noch nicht gestattet hatten. Aufs neue zwang er seine müden, blassen Lippen zu einem freundlichen Lächeln, als er sich neben sie auf einen Lehnsessel niederließ, und begann: »Die Familie Kosegarten ist unserm Hause stets in Treue attachiert gewesen; wie ich höre, soll dieses Band in Zukunft wieder fester geknüpft werden. Ihre liebe Nichte soll als Hofdame meiner Schwester in unsern engern Kreis aufgenommen werden?«

»Ich bin glücklich,« sagte Frau Marie, »daß Hoheit so gnädig waren, Hilde in Ihren Dienst zu wünschen. Wir werden voraussichtlich das Schloß den Kindern überlassen, vielleicht auf Reisen gehen, da ist es so schön, zu wissen, daß für Hilde gesorgt ist. Ich habe sie lieb wie meine Tochter.«

»Wir sind sehr zufrieden mit der Wahl unserer lieben Schwägerin,« bemerkte die hohe Frau, »ich bin stets dafür, die Damen des Hofes aus den adligen Familien des Landes zu wählen, deren Gesinnung man kennt, deren ganzer Ton schon eine Art Garantie für den Charakter des jungen Mädchens bietet. Sie haben Ihre Nichte in der abgeschiedenen Einsamkeit der Berge und Wälder erzogen ... hm ... ja ...«

»Sie hat wirklich arbeiten gelernt,« fiel Frau Marie ein.

» *Superb*«,« meinte die Fürstin freundlich, »da wird sie sich die einfache Unschuld des Herzens bewahrt haben, die man leider in neuerer Zeit so häufig an den jungen Damen vermißt.« Sie lehnte sich behaglich in ihrem Sessel zurück, der gute Tee hatte sie erwärmt, ihre Umgebung wußte, daß sie nun auf ihr Lieblingsthema, die falsche Erziehung der modernen Frau, zu reden kommen würde. Sie sprach von böser Lektüre, von unangebrachten Freiheiten, von der Bedenklichkeit der Sportpassion bei den Töchtern des Adels ...

» *Ma chère,*« murmelte der Herzog, räusperte sich ein wenig und verstummte wieder. Er sah gern junge Mädchen sowohl beim Tennis als auch zu Pferde.

»Auch ich selbst habe ja früher geritten,« sagte die hohe Frau – »in angemessener Begleitung – warum nicht? Aber etwas anderes ist die burschikose Kameradschaftlichkeit in sportlichen Angelegenheiten, die heute zwischen den jungen Leuten beliebt wird und die zu den bösesten Situationen führen kann. Zum Exempel eine Geschichte, die mir die Baronin

Leuchtenberg vorhin auf der Fahrt erzählte und die mich wahrhaftig erregt hat. Baronin – Sie sagten doch selbst, der Ruf des jungen Mädchens, die damals im Rennstall des Grafen – *mon Dieu*, der Name tut ja nichts zur Sache – kurz ihr Ruf war ruiniert. Und ich finde, die Welt verurteilte hier mit Recht. Eine junge Dame, die sich so weit vergißt, die Pferde ihres Courmachers ...«

Die Herzogin hielt plötzlich inne – es war eine atembeklemmende Stille um sie her entstanden.

Da erhob sich Prinzessin Karoline halb von ihrem Sessel. Ihr volles Gesicht war noch mehr gerötet als sonst. »Pardon, liebe Schwägerin, dieser Rennstall des Grafen Kessenbrock ... Ja – ich behaupte,« rief sie laut und kriegerisch, »dieser Rennstall hat damals, als die Leuchtenberg in ihrer Eifersucht sich so unverantwortlich benahm, überhaupt nicht mehr existiert. Das Ganze ist ein Märchen – eine Perfidie,« schloß sie, indem sie sich wieder niederließ und mit hastigem Fächerschlagen ihre Empörung zu betäuben suchte.

» *Mon Dieu, Caroline, je ne comprends pas un mot de votre altération,*« flüsterte die Herzogin fragend – sie verfiel bei Familiendifferenzen immer in die französische Sprache.

In diesem Augenblick durchbrach ein heftiges Geräusch die bange Stille des Raumes. Hilde hatte einen Stuhl beiseite gestoßen und stand vor der Herzogin. Ihr Gesicht war ganz weiß, während ihre Augen sich weit offen und mutig auf die Herzogin richteten.

»Nein, Hoheit, es ist kein Märchen,« sagte sie mit einer Stimme, die nur wenig zitterte, »Frau von Leuchtenberg hat mich nicht falsch beschuldigt! Ich war bei Graf Kessenbrock – ja – und – ja! Wir haben uns liebgehabt, und ich war nicht nur im Stall bei seinem Pferd, auf dem er am nächsten Tage um Sieg oder Niederlage kämpfen wollte, und weil er mit sagte, es würde ihm Glück bringen ... Ich war auch bei ihm auf seinem Zimmer ... Ich will dies gesagt haben – ich will nichts, nichts mehr zu verbergen und zu verleugnen haben In meinem Leben ... Ich weiß, es wäre nur lächerlich, in diesem Augenblick zu behaupten, daß ich trotzdem das Recht habe, meinen Kopf ebenso hoch zu tragen wie jede der Frauen und Mädchen hier – es würde doch niemand mir glauben. Jedes Beteuern wäre nutzlos ...« Sie hielt inne, eine schnelle Röte kam über ihre Wangen, ihre Sprache wurde schärfer, heftiger. »Darum bin ich froh, daß es so gekommen ist, daß ich nun ein Ende damit mache, mich vor euren Urteilen und eurem Verurteilen zu fürchten – daß ich nun weiß: Ich bin mit euch allen fertig – fertig – fertig! Gott sei Dank!«

Ihre Stimme brach in der tiefen Bewegung ihrer Seele, ihr Antlitz hob sich und blickte über die Menschen fort mit einem Ausdruck stolzer Freude. Und dann senkte sie die Augen und ging langsam und aufgerichtet zwischen den verblüfften Gästen hindurch aus dem Saal.

Man wich ihr aus, als brächte ihre Berührung Unheil. Es war, als hätte soeben jeder einzelne etwas gesehen und gehört, was er unmöglich mit einem andern teilen könnte, was man sich kaum selbst eingestehen dürfte. Es wagte niemand auch nur einen Blick mit seinem Nachbarn zu tauschen.

»Ein Anfall von Geistesstörung,« sagte Fräulein Trinette von Kosegarten ernst und gab damit eine Art von erlösender Parole aus.

»Ein interessanter Fall hysterischer Selbstbeschuldigung,« ließ sich der Kreisarzt vernehmen.

»Aber sie deutete doch an, daß gar nichts wirklich Bedenkliches ... Ich neige entschieden zu der Ansicht ...« so erklärte eine andere Stimme, worauf einige Herren zu kichern begannen.

»Mein Gott,« flüsterte jemand, »wie das nun auch gewesen sein mag – das ist jetzt ganz gleichgültig – aber sie sagte»euch« den Herrschaften – sie sagte »euch« – haben Sie es wohl gehört, Exzellenz?«

Frau Marie versuchte, um Verzeihung flehend, die Hand der Herzogin zu küssen, aber die hohe Frau hielt abwehrend Arme und Hände fest an sich gepreßt und dachte unbestimmt an die russische Revolution.

Der Herzog wandte den Blick zu August und fragte: »Sind die Wagen bereit?«

»Zu dienen,« erwiderte der jüngere Kosegarten zusammengefaßt, in militärischer Haltung.

Eilig und verstört folgte der Aufbruch.

Die Herzogin hatte die Fassung jetzt soweit wiedergewonnen, um Frau von Kosegarten die Hand zu reichen und zu lispeln: »Meine Gute, Arme – ich ahnte ja nicht – o welch ein Zusammenbruch!«

Frau von Kosegarten senkte demütig das Haupt unter der fürstlichen Ungnade, die sie unabwendbar über ihre Familie heraufziehen sah.

Einige der offiziellen Persönlichkeiten ließen tröstende Worte von Sanatorien und Nervenheilanstalten fallen; die Prinzessin Karoline aber schüttelte vorwurfsvoll den Kopf und rief empört ihrer alten Freundin Trinette zu: »Ich hatte doch so bestimmt verlangt, dieser Stall dürfe nicht existieren. Und nun existiert sogar ein Zimmer ... Und ich muß die alte fette Audorf nehmen ... Welche Torheit, *mon Dieu ... mon Dieu!*«

Hier zeigte sich Theodor Debberitz als ein Mann von Entschlossenheit und Größe. Er beugte sich über die Hand der gekränkten Fürstin und drückte einen ehrerbietigen Kuß auf das parfümierte Leder des weißen Handschuhs. »Ich fühle ganz mit Hoheit,« bemerkte er würdig mit dem sattesten Ton seiner Stimme. »Aber wenn mir die jnädigste Hoheit verzeihen – möchte ich sagen: Donnerwetter! Schneid hat sie ... Ein Weib von Temperament! Ich bewundere Leidenschaft und Temperament bei der Frau!«

»O,« meinte die Prinzessin gedehnt, während sie auf das Vorfahren des zweiten Wagens wartete, »man kann auch Temperament besitzen, ohne solche Theatercoups zu machen!«

»Würde und Leidenschaft verstehen nur Fürstinnen zu vereinen,« flüsterte Debberitz, entriß in dem erregten Wirrwarr des Aufbruchs dem Diener den Pelz der Prinzessin und legte ihn sanft um ihre Schultern.

»Wie können Sie so etwas ahnen,« erwiderte Prinzessin Karoline, sich für einen kurzen Augenblick der Berührung dieser großen ungefügen Proletarierhände überlassend. »O, Sie haben viel Kraft,« seufzte sie befriedigt. »Und wir – wir Armen dürsten nach Leben ... Lassen Sie sich mir melden, wenn Sie nach Langenrode kommen! Sie müssen mir berichten, wie die Dinge sich hier entwickelt haben, hören Sie?«

Debberitz verbeugte sich tief und fühlte sein Herz heftig schlagen. Diese Prinzessin hatte ein Lächeln ...

Elftes Kapitel

Was in aller Welt sollte nun mit dem Mädchen werden? Das war die Frage, die auf aller Lippen schwebte und aller Herzen sorgenvoll bewegte.

August, als wäre er der Überzeugung, daß bei solchen Erwägungen unpassende Dinge zur Sprache kommen könnten, trat zu seiner Frau, sie zart und gütig auffordernd, sich zurückzuziehen. Debberitz hingegen erklärte, daß er ein moderner Mensch sei und als Großstädter weitere Begriffe habe. »Ich für mein Teil fand das Mädchen direkt heroisch,« rief er laut und mit Energie – »ich habe die höchste Achtung vor ihr – das kann ich nur wiederholen – obschon – natürlich ...« hier wurde seine Stimme leiser und kleinmütiger, »... man weiß ja nicht, wie die hohen Herrschaften über die Chose denken!«

»Herr Debberitz,« sagte Trinette sanft überredend, »glauben Sie mir, ich kenne den Herzog – wir haben als Kinder zusammen mit der Puppe gespielt – er würde sich in seinem wahrhaft guten Herzen freuen, wenn diese fatale Angelegenheit – wenn ein edler Mann, wollte ich sagen, sich bereit finden würde ... kurz, er würde diesem edeln Manne dankbar die Hand drücken ...«

Debberitz räusperte sich umständlich, und auch Herr von Kosegarten stieß unverständliche Töne aus, von denen es ungewiß blieb, ob sie Zustimmung oder Warnung bedeuten sollten. August war ans Fenster getreten und blickte, als hörte er nichts von dem Gespräch, in den mit Schneeflocken untermischten Herbstregen, der draußen gegen die Fenster schlug.

Debberitz fragte, ob er sich eine Zigarre anzünden dürfe, eine Bitte, die ihm selbstverständlich gern gestattet wurde. Frau Marie brachte ihm Streichhölzer, sie sah ihn dabei mit ihren guten, tränenumflorten Augen bittend an.

Debberitz blies eine Weile seine Rauchringe schweigend in die Luft. Er fühlte sich zu dieser Stunde als nächster Freund der Familie von Kosegarten, fast selbst als ein Glied dieses ehrwürdigen Geschlechts, für die Aufrechterhaltung seiner Ehre zu jedem Opfer bereit ... Wie aber ließ sich die verletzte Ehre eines jungen Mädchens besser wieder herstellen als durch die Heirat mit einem ehrenwerten Manne? An sich war ihm ja Hilde nur begehrenswerter und pikanter geworden durch diese Liäson mit einem Grafen ... Denn er zweifelte ja keinen Augenblick daran, daß eine solche wirklich bestanden habe. Übrigens hatte er auch vor kurzem in Erfahrung gebracht, daß Hilde ursprünglich nähere rechtliche Ansprüche auf das Vermögen, das der Tante Trinette zugefallen war, geltend machen konnte – daraus ließ sich denn doch wohl auch ein gelinder Druck auf die alte Dame herleiten und nützlich zur Anwendung bringen. Eventuell drohte man nach der Heirat mit einem Prozesse zur Anfechtung von Onkel Christophs Testament ... Es war ohnehin unglaublich nachlässig vom alten Kosegarten, sein Mündel so friedlich um ein Vermögen kommen zu lassen. Nun – man kannte ja geschickte Anwälte, glücklicherweise ...

Debberitz legte die Zigarre beiseite und seufzte, es klang wie ein Ächzen, während er seine Weste straffzog. »Herr von Kosegarten,« sagte er würdig, »ich glaube. Sie haben schon länger bemerkt, daß ich Ihre Nichte, Fräulein Hilde, mit wohlgefälligen Blicken betrachte. Daran hat der eben stattgefundene Auftritt nichts geändert. Ich bin ein Mann von fortschrittlichen Ideen. Es würde mir eine hohe Ehre sein, in Ihre werte Familie einzutreten. Ich bitte Sie also, Herr von Kosegarten, um die Hand Ihres Fräulein Nichte! Wie gesagt – ich werde meine Frau Gemahlin stets in Ehren halten!« Er zog ein Tuch und wischte sich den Schweiß, der bei dieser Ansprache reichlich an Stirn und Schläfen hervorgequollen war.

Der alte Herr schüttelte ihm heftig die Hand. »Na, Debberitz, unter den Verhältnissen – da kann sich das Mädel gratulieren, wenn sie unter die Haube kommt.« Auch er ächzte und pustete, der alte Edelmann. Das Leben war putzwunderlich, und er für sein Teil machte nicht mehr mit – nee, weiß der Deibel – so ne verflixte Schweinerei ...

Trinette war hinausgeeilt, ihre Nichte zu rufen, hörte indessen von dem Hausmädchen, Hilde sei in großer Erregung in den Park gegangen.

Ein Gang durch Sturm und Wetter wird sie am besten beruhigen, dachte Fräulein von Kosegarten, und aus weit entlegenen Tagen kam ihr die Erinnerung an einen solchen Gang in den Wald hinaus bei Sturm und Regen, um ein stürmisch verlangendes Herz, das entsagen mußte, zu beschwichtigen. Dem Herrn sei Dank, sie war ohne Schuld und Fehle geblieben damals! Im ganzen – die Geschichte mit Hilde war doch widerlich ... Nun, ein Proletarier wie dieser Debberitz hatte jedenfalls stärkere Nerven und ein abgestumpfteres Gefühl für gewisse zarte Punkte ... glücklicherweise!

Während die Tante sich also beruhigte, eilte der Neffe Fritz mit langen Schritten dem Walde zu. Sein Jägerauge durchspähte die trübe Dämmerung, die schon alle Seitenwege und Fernen zu umhüllen begann. Sein Ruf: »Hilde – Hilde!« klang über die weiten, von körnigem Schnee weiß besprenkelten Wiesen. Der Fuß raschelte durch die Herbstblätter, die der Sturm wirbelnd von den Ästen riß und rauschend durcheinanderjagte. Ihm stand der Blick vor der Phantasie, den Hilde zu ihm gesandt hatte, ehe sie vor die Herzogin getreten war, um der ganzen versammelten Gesellschaft ihre Verachtung vor die Füße zu werfen. Er war Menschenkenner genug, um sich zu sagen, daß dieser Blick der Seelenausdruck eines verzweifelten und zum Äußersten entschlossenen Weibes gewesen war. Einen Esel – einen von Gott verlassenen, verfluchten Esel nannte er sich, wenn er an seinen Ausspruch dachte, von dem Sprung ins Dunkle, der jedes Menschen letzte Rettung vor dem Unerträglichen bleibe, und der Hilde in diesem Augenblick in die ewige Nacht hinaustreiben mochte ...

In weiten Sprüngen rannte er den steilen Waldpfad zum Heuberg hinauf, dem Brausen des Wasserfalles entgegen, das Herz schlug ihm in wilder Angst. Er hatte es nicht gewußt, nicht begriffen bis jetzt, wie nahe ihm das Mädchen innerlich gerückt war. Während er in vergeblichem Suchen nach Hilde durch den rauschenden Regen eilte, erbitterte sich sein Herz gegen die Armseligkeit der Menschen, die ein unglückliches Geschöpf, das sich nicht wehren kann, ein für allemal ungehörtverdammen, weil es in junger Unerfahrenheit gewagt hat, gegen ihren Anstandskodex zu verstoßen. Er hatte die Gesichter der Versammlung um Hilde beobachtet – er war sicher, daß keiner von ihnen allen für sie Partei nahm, daß jeder eine geheime Schuld verzeihlicher fand als dieses öffentliche und rücksichtslose Zugeständnis einer Unbesonnenheit. Sie hatte recht – nur zu sehr recht: niemand würde ihr geglaubt haben, wenn sie trotzdem ihre Mädchenunschuld beteuert haben würde. Der Flecken lag auf ihr und würde auf ihr bleiben ...

Er verstand es so gut, daß sie nicht mehr der Mühe wert fand, noch einmal neu anzufangen. Wenn zehn Jahre treuer, stiller Pflichterfüllung nichts galten ... Wie albern, wie nutzlos wäre es gewesen, wenn er selbst vor diesen Leuten für sie eingetreten wäre – er, der Abenteurer, den schließlich daheim doch niemand für ernst nahm ... Ging es ihm denn besser als ihr? Ein paar Jugenddummheiten folgten ihm nach und legten sich ihm hindernd auf Schritt und Tritt in den Weg. Andern wurde weit mehr verziehen. Aber freilich – die andern, die hatten sich auch nicht in Art und Wesen dem, was daheim als Form und Ideal galt, so weit entwendet ... Dies war der entscheidende Punkt! Weil Hilde, so fühlte er deutlich, sich unter seinem Einfluß entwickelt hatte, mußte sie zu einer Trennung von dem, was ihr bisher als Autorität galt, gelangen ... Wie hatte er nur glauben können, in diesem Kreise mit Erfolg zu wirken? Gleich einem scharfen Wind hatte er zwischen sie geblasen, aufrüttelnd, ermunternd, kräftigend. Nun seine Arbeit getan war, wirbelte ihn das Schicksal weiter zu unbekannten Fernen ... Sollte er gehen mit der bitteren Qual auf der Seele, den Untergang dieses armen Mädels mitverschuldet zu haben?

Aufs neue rief er laut und schmetternd Hildens Namen in die Dunkelheit. Wie war es möglich, sie hier zu finden, wenn sie sich nicht finden lassen wollte? Jeder breite Buchenstamm konnte sie ihm verbergen. Er sah das völlig Unsinnige seines Suchens ein und konnte es doch nicht lassen, weiter zu rufen.

Auf der Waldwiese stand, trübseligem Verfall preisgegeben, der kleine Pavillon, der in schönen Maitagen den Triumph seines Geistes erlebt hatte. Er lachte höhnisch über sich selbst. So ging es ihm immer wieder: er griff das Glück, er hielt es in die Höhe und ergötzte sich kindisch an seinem Glänzen – und ein anderer riß es ihm in letzter Stunde aus der Hand zu eigenem Nutzen.

An den Gebäuden des Elektrizitätswerkes strahlten, als er es erreichte, die Lampen noch blaue Helle durch den Wald und beleuchteten den kläglich verregneten Putz an Fahnen und Girlanden. Er stieg den steilen Felsweg längs des Falles empor, vorsichtig umherspähend, um auf den vom Regen und vom nassen Laub glitschigen Stufen nicht auszugleiten, er starrte, verwirrt und betäubt von Schmerz und Angst, minutenlang untätig in das Brausen und Tosen der weißen stürzenden Wasser. Und dann raffte er sich plötzlich energisch zusammen und kehrte um. Es war vielleicht nur eine verrückte Phantasie von ihm, daß sie gerade den Wasserfall gewählt haben sollte – überhaupt ... wer konnte denn wissen, ob er sie nicht in der sinnlosen Aufregung, die ihn ergriffen hatte, völlig falsch beurteilte – völlig unterschätzte?

Mit mehr Ruhe kehrte er heim, traf im Flur auf Zipperjahn und hörte von ihm, Fräulein Hilde sei längst zurück.

Fritz wäre dem Jungen am liebsten um den Hals gefallen. »Weißt du, wo ich sie finde?«

»Das jnädige Freilen is auf'n Boden.«

»Auf dem Boden?«

»Ja, sie hat sich ne Laterne bei mich jeholt und machte so'n kurioses Gesicht dazu.«

»Wie lange ist das her?«

»So etwa ein Dreiviertelstündchen wird's schon sein.« Fritz pfiff scharf durch die Zähne. Er sprang in die Dienerstube und riß dort die Lampe vom Haken an der Wand. Dann stürzte er an Zipperjahn vorüber die Treppe hinauf.

All die Zeit hatte er auf falschem Wege verloren ... unwiederbringliche Zeit ... Und die Angst überschwemmte wie eine große Meereswoge aufs neue sein Herz.

Zipperjahn begab sich gelassen in den Gartensaal. Dort brannte jetzt nur noch eine Lampe, bei deren spärlichem Licht er die guten Meißner Tassen wieder in die Eckschränke stellte. Er hatte aus manchem Glas die Neige genippt und war in vergnüglicher Stimmung. Zufrieden flötete er vor sich hin die Melodie seines Lieblingsliedes: »Muß i denn, muß i denn zum Städtle hinaus – und du mein Schatz bleibst hier ...«

Die Tür zum Flur öffnete sich behutsam und schloß sich wieder. Zipperjahn blickte sich um, es war ihm gewesen, als ob jemand eintreten wollte. Als er pfeifend mit dem leeren Tablett hinausging, sah er draußen auf dem Flur niemand. Aber nachdem er in der Dienerstube verschwunden war, trat Hilde hinter dem Kleiderständer, wo sie sich verborgen gehalten hatte, hervor und ging eilig, doch vorsichtig, um kein unnötiges Geräusch zu machen, in den Gartensaal. Sie trug ein dunkles Wollenkleid, einen Regenmantel und einen Filzhut. In der Hand hielt sie ein kleines Köfferchen.

Aufatmend blieb sie in dem nun wieder von seiner gewöhnlichen friedvollen Ruhe erfüllten, dämmerigen Raum stehen und blickte hinüber nach der Ecke am Kamin, wo die vereinzelte Lampe trübe flimmerte. Die leidenschaftliche und heftige Szene, die dort vor kurzem stattgefunden hatte, schien ihr jetzt schon beinahe unwahrscheinlich und höchst verwunderlich. So viele Jahre hatte sie schweigend und dumpf duldend das auf ihr lastende Mißtrauen getragen – war zu stolz, zu tief verletzt gewesen, um sich auch nur mit einem Worte zu verteidigen und die Menschen an die Wunde in ihrem Herzen rühren zu lassen: eine fremde Macht hatte sie plötzlich zu einem Ausbruch getrieben, der ihrer Natur fremd und höchst unsympathisch war, ja, den sie fast lächerlich fand ... Sie blickte auf das Bild von Fritz, das im kleinen Holzrähmchen auf dem Ständer neben Tante Mariens Sofaeckchen zwischen ihren Arbeitskörben stand – und sie begriff plötzlich wieder jenen Rausch, der sie damals, in der bebenden, demütigen Liebe zu Kessenbrock, alle Formen gesellschaftlichen Anständes hatte beiseite setzen lassen, indem sie lächelnd zu ihm gegangen war – ihm zu beweisen, daß sie den Mut und die Freiheit besaß, die er ihr nicht zutrauen wollte ... Hilde verzog gramvoll ironisch den Mund, als sie jenes kurzen Besuches dachte, der so viel Anstoß in ihrer kleinen Welt erregte und der ihr so gar keine von den wilden Seligkeiten geschaffen hatte, um deren Genusses willen man sie verdammte. Es war ihr in ihrem mädchenhaften Ehrbegriff so selbstverständlich erschienen, daß Kessenbrock sie verstehen und ihr Erscheinen als ein Symbol ihrer Liebe auffassen würde. Als sie statt dessen den Triumph des Verführers in seinem Gesicht und in seinem Gebaren sah, konnte sie plötzlich nur noch kalte, empörte Abwehr für ihn haben, und so schieden sie aus der Begegnung, die sie aneinander binden sollte, als erbitterte Feinde. Er war ihr Feind geblieben. In dem Wirbel von Verleumdung und Klatscherei, der sich um sie erhob, hatte er nicht ein Wort der Verteidigung für sie gefunden, hatte er nicht einmal versucht, die Menschen von ihrer Unschuld zu überzeugen.

Wie seltsam, daß aus der Wüste toter Gleichgültigkeit in ihrem Herzen noch einmal Glut, Rausch und maßlose Hingebung aufblühen konnten ...

Aber wenigstens sollte der Rausch ihre skeptische Vernunft nicht soweit umnebeln, daß sie Proben der Liebe, des Glaubens, des Vertrauens von einem Manne zurückerwartete. O nein – heimlich wollte sie sich davonschleichen und niemals, nur um alles in der Welt niemals erfahren, ob Fritz zu ihr gestanden, sie verteidigt, an sie geglaubt hatte ... Nur sich eine einzige liebe Illusion mit hinausnehmen in den neuen Tag, der sich freudlos vor ihr dehnte.

Sie wollte, um sich unbemerkt zu entfernen, den Weg durch den Park einschlagen, nach einem abseits vom Dorf liegenden Gehöft, dessen Besitzer, wie sie wußte, ein leichtes, ländliches Wägelchen und ein Pferd besaß. Diesen wollte sie bitten, sie zur nächsten Bahnstation zu fahren. Sie hatte deshalb auch nur das alte Köfferchen mit den nötigsten Toilettegegenständen gefüllt – mochte man ihr später von ihrem Eigentum nachsenden, was man beliebte ... Sie wollte jedenfalls nichts von sich hören lassen, ehe sie eine feste Stellung gefunden hatte. Einige kurze Abschiedsworte, die ihr Vorhaben erklärten, würde Tante Marie ja auf ihrem Schreibtisch vorfinden ...

Hilde schlich sich, ihr Köfferchen niedersetzend, zu Tante Mariens Sofaplatz, strich liebkosend über das Polster und schüttelte schmerzlich den Kopf über sich selbst und das Abschiedsweh, dessen sie nicht Herr zu werden vermochte. Sie nahm das Jugendbild von Fritz in die Hand, blickte einen Augenblick in die fröhlichen Knabenaugen, drückte einen langen Kuß auf das Glas, setzte es wieder nieder und wandte sich entschlossen ab. »Mut – nur Mut – nur seiner wert sein,« sagte sie leise für sich und wollte den Saal durch die nach dem Garten führende Tür verlassen. Da sah sie, daß Zipperjahn die Glastür schon geschlossen und den Schlüssel abgezogen hatte. Sie öffnete die Tür zum Korridor, um zu sehen, ob sie von dort aus unbemerkt zum Ausgang gelangen könnte, und prallte fast mit Fritz zusammen, der eilig die Treppe vom Oberstock herunterkam. »Hilde!« schrie er, stürzte auf sie zu, packte sie bei den Schultern und drückte und schüttelte sie – »Mädel – wo in aller Welt hast du gesteckt – du – du – ich hab dich gesucht – das war schon nicht mehr schön – die letzte Viertelstunde da oben auf dem Boden, unter dem alten Gerümpel – du, warum – was wolltest du dort oben? Oder bist du's etwa gar nicht – hat der edle Zipperjahn nur deinen Geist gesehen?«

»Doch –« sagte Hilde erstaunt über sein aufgeregtes Gebaren, – »ich war wohl oben – ich... dir will ich's sagen, Fritz, du wirst mich verstehen – ich – ich holte meinen Koffer – ja – ich will ...«

Aber sie kam nicht weiter, denn sein tolles Gelächter erstickte ihre Erklärung.

»Deinen Koffer – deinen Koffer –,« er riß ihr das kleine Ding aus der Hand und schwenkte es hoch in die Luft. »Gesegnet sei der Koffer, Hilde ... Ich dachte weiß Gott Schlimmeres – weit Schlimmeres ... Seit zwei Stunden laufe ich umher und suche dich wie ein Irrsinniger!«

Er war so blaß, wie sie ihn nie gesehen hatte – seine Augen funkelten und glühten unter Tränen.

»Du Lieber,« sagte sie leise und erschüttert, »ich danke dir für alles – für alles ... Ich habe im Geiste deine Hand gehalten, als ich das – das Schreckliche dort drin sagen mußte ... Du begreifst, daß ich's mußte, nicht wahr?«

Er machte eine bejahende Bewegung mit dem Kopf. »Für dich war's nötig, nicht für die Puppen und Laffen.

Hilde, mir geht seitdem ein Wort nicht aus dem Sinn, ich glaube, Goethe hat es einmal gesagt:

»Denn du warst in abgelebten Zeiten
Meine Schwester oder meine Frau.«

Na, du verstehst mich schon, so die innere Verwandtschaft zwischen uns beiden – die ist mir in dem Augenblick so recht lebendig geworden ...« Sie dankte ihm nur mit den Augen.

»Und wohin befehlen das gnädige Fräulein nun, daß ich den verhängnisvollen Koffer trage?«

Beide lachten, wie Menschen lachen, die eine große Gefahr bestanden haben.

»Fritz,« sagte sie leise und glücklich, denn sie war glücklich, besinnungslos glücklich in diesem Augenblick, »hindere mich jetzt nicht – ich bitte dich um alles in der Welt. Ich will fort, du siehst ja, ich muß fort, und ich kann nicht Abschied nehmen ...«

»Das ist eine famose Idee – Hilde, das gefällt mir ausgezeichnet. Ich bin auch nicht fürs Abschiednehmen.« Er öffnete die Tür zu dem leeren Gartensaal und zog das Mädchen samt ihrem Köfferchen hinein.

»Hier sind wir ungestörter, deinen Plan zu beraten,« sagte er, und sein schmales, braunes Gesicht gewann schon wieder die alte Gelassenheit. »Du gehst also – und ich denke, es wird das beste sein, du gehst gleich über das Meer. Ich werde dich begleiten und dir für die erste Zeit zur Seite stehen.«

»O Fritz,« rief sie, halb im Zweifel, ob er spaße oder im Ernst rede, »du bist unsinnig!«

»Ich habe nie den Anspruch darauf gemacht, für sinnig zu gelten,« sagte er vergnügt, öffnete die Tür und rief nach Zipperjahn.

Der Junge kam eilfertig herein und empfing von Fritz den Befehl, zu seinem Chauffeur zu gehen und ihn anzuweisen, das Auto umgehend zu einer Fahrt instandzusetzen.

»Er soll dann hier vorfahren, verstehst du mich? Hier an der Rampe, nicht vor dem großen Eingangstor, hörst du? Das ist sehr wichtig! Ich wünsche mit meiner Kusine eine Mondscheinpartie zu unternehmen, ohne daß Tante Trinette uns begleitet. Also reinen Mund gehalten! Bei deiner Mannesehre! Schön! Blaffke soll die Pelzdecken nicht vergessen. Dann gehst du in mein Zimmer – hier hast du meinen Schreibtischschlüssel ... Aus dem mittelsten Fach die Kassette und die braune Ledermappe mit Papieren bringe mir hierher. – Ach ja so – mein Frack ist auch ziemlich naß geworden. Also, ich brauche ferner den blauen Rock, der an der Tür hängt und irgendeine Krawatte – du wirst schon was finden. Ich vertraue ganz auf dein Genie ... Und Mantel und Mütze!«

Der Groom strahlte. Ein Auftrag von so geheimnisvoller Wichtigkeit war ihm noch niemals zuteil geworden. Er stürzte davon, im Kopf alle die einzelnen Teile wiederholend, um keinen zu vergessen.

Hilde aber saß auf einem Stuhl in dem großen, leeren, dämmerigen Gartensaal, in dessen fernster Ecke die hohe Petroleumlampe langsam im Verlöschen war, und hörte dem allen zu und begriff noch immer nicht, wo alles hinauswollte.

Als Zipperjahn das Zimmer verlassen hatte, sprang sie auf, stand vor ihrem Vetter und sagte energisch, als müßte sie ihn aus einem unerhörten Traumzustand aufwecken: »Fritz – um Gottes willen, nimm Vernunft an! Dies alles ist unmöglich! Wir beide dürfen nicht zugleich von hier gehen – wir beide zuletzt!«

»Und warum wir beide zuletzt?« fragte er mit einer weichen Betonung.

»Weil – Fritz – o – du weißt ja ...« sie brach in Weinen aus.

»Kind,« sagte er lächelnd und herzlich ihre Hand in die seine nehmend, »ich habe in meinem Leben so viel Dummheiten gemacht, da werde ich deine eine Dummheit wohl verstehen können! Übrigens finde ich, daß man mit dieser albernen Geschichte nun zu Ende kommen sollte. Man hat schon zu viel Wesens davon gemacht. Du sollst noch darüber lachen lernen! Sieh mal, wir sind ja doch von einem Schlage, wir werden ein paar gute Kameraden abgeben! Durch dick und dünn marschieren ... Aber du, erst muß ich sehen, ob du auch nicht beim ersten Kuß wieder Weinkrämpfe bekommst!« Er hielt sie im Arm, noch ehe sie sich wehren konnte, und wenn die Tränen aufsteigen wollten, so küßte er auch sie eilends fort. Und sie wollte nichts anderes mehr, als was er wollte.

Zipperjahn kam mit den Kleidern und der Kassette, schloß diensteifrig die Gartentüren auf und war Fritz behilflich, den Frack gegen einen trockenen Rock zu wechseln und einen Mantel umzuwerfen. Dabei flüsterte er ihm atemlos zu: »Das gnädige Fräulein Trinette hat mich gesehen. Sie fragte, was ich mit der Kassette wollte. Ich glaube, sie kommt mir nach!«

»Donnerwetter!« entfuhr es Fritzens Lippen. »Also, dann schnell hinaus mit der Geschichte, wir steigen im Schuppen ein!«

»Fritz, ohne Abschied von deinen Eltern?«

»Um Gottes willen, Mädel, keine Tränenszene! Übers Jahr kommen wir zum Besuch!«

Das Automobil brauste stampfend und fauchend auf den Kiesplatz, und Fräulein Trinette trat erregt in den Gartensaal mit der vorwurfsvollen Frage: »Hilde – Fritz – ihr beide hier – was soll das – in Hut und Mantel? Ich bitte um eine Erklärung!«

»Und ich bitte uns nicht zu stören, liebe Tante, ich bin eben im Begriff, meine Kusine Hilde zu entführen. Ich hoffe, du stimmst mir bei, daß dies im gegebenen Augenblick für alle Teile das einzig Richtige ist ...«

Der Scherz verging ihm bei dem gellenden Hilferuf, den das alte Fräulein ausstieß. Durchdringend wie Feuersignale hatte ihre Stimme binnen einer Sekunde einen Lärm von eilenden Schritten und angstvollen Rufen vor der Tür und auf der Treppe entfesselt. Fritz sah ein, daß er im Übermut seines Glückes sehr unvorsichtig gewesen war, aber er fühlte sich Manns genug, jetzt dem ärgsten Familiensturm standzuhalten.

Und ein Sturm von Ausrufen, Fragen, Durcheinanderschreien und Sprechen brach wirklich in der nächsten Minute um ihn her aus. Fritz erklärte kurz, er habe eingesehen, daß das Unternehmen hier ohne ihn bestehen würde – beschienen von der Gnadensonne des hohen Landesvaters – ja daß seine Teilnahme daran diese Gnadensonne nur an ihrer vollen Wärme hindern könne. Er habe deshalb die Generalvertretung der Hamburger Automobilfabrik für die Vereinigten Staaten angenommen und werde binnen zwölf Tagen in Neuyork erwartet. Inzwischen seien bekannte Ereignisse eingetreten, die auch seiner Kusine Hilde ein ferneres Bleiben unter den alten Verhältnissen nicht mehr angenehm erscheinen ließen, und deshalb werde sie ihn begleiten.

Soweit nahmen seine Eltern, August und Debberitz seine Erklärung schweigend entgegen. Als Hildens Name genannt wurde, entstand eine allgemeine Bewegung.

»Fritz – Hilde – ihr verrückten Kinder, ihr wißt ja nicht,« rief seine Mutter. »Das ändert ja alles ...«

»Was weiß Hilde nicht, Mama?«

»Daß Debberitz soeben bei Vater um Hildens Hand angehalten hat!«

»Ja,« rief Debberitz mit seiner vollsten Stimme und trat in seiner ganzen stattlichen Prächtigkeit vor die Erwählte, »mein jnädiges Fräulein, das Haupt der Familie, Ihr verehrter Herr Onkel, hat mir gegründete Hoffnung gemacht, so daß ich mir schmeicheln darf, Sie werden Ihren Plan, den Ihnen eine momentane Verlegenheit eingegeben haben dürfte, nunmehr ändern ...«

»Das glaube ich kaum,« sagte Fritz freundlich und schlug Debberitz treuherzig auf die Schulter, »weißt du, lieber Thete, man macht mit dir Geschäfte, aber man heiratet dich nicht ...«

»Oho – Herr von Kosegarten – dieser Ton ...«

»Diesen Ton darf ich mir schon erlauben, denn ich bin über die Geschmacksrichtung meiner Braut wohl besser unterrichtet, als du es sein dürftest!«

Hilde hatte sich bei Fritzens Erklärung in Tante Mariens Arme geworfen und küßte und herzte sie so stürmisch, daß die Gute kaum zur Besinnung kam und den letzten Abschiedskuß des Sohnes nur wie in wirrem Traum und Taumel empfing.

Der alte Herr schüttelte verwundert den Kopf, er fand diesen jähen Aufbruch zwar keineswegs in der Ordnung – aber – so waren nun einmal diese Amerikaner – und was konnte man von Fritz jemals anderes erwarten als törichte und tolle Dinge!

Tante Trinette sagte seufzend: »Er bleibt einmal der verlorene Sohn!«

»Der verfluchte Yankee – hat mich doch wahrhaftig begaunert,« schimpfte Thete Debberitz, all seine Würde und Feierlichkeit vergessend.

Fritz zog Hilde geschickt aus dem Kreis der Verwandten. »Mädel – bind' den Schleier um die Ohren, die Luft geht scharf da draußen! – Ha,« rief er lustig, die Mütze schwenkend, »ich freue mich auf die harte, scharfe Luft da draußen!«

Zipperjahn schlug die Tür des Kraftwagens zu; die großen Lichter glühten durch die Regennacht, stampfend setzte sich die Maschine in Bewegung. Hildens weißes Tüchlein wehte als letzter Gruß durch Sturm und Dunkelheit.

Ende